SVT

Objectif réussite

Collection dirigée par Hugo Billard

SVT

2de

Virginie Biscarat-Cottet
Nadège Magagnosc
Professeurs de SVT

ellipses

DANS LA MÊME COLLECTION

Terminale

- L ES Histoire-géographie
- S Histoire-géographie
- L ES S Philosophie
- ES Sciences éco
- ES L Mathématiques (Spécial bac)
- S Mathématiques

Première

- S Histoire-géographie
- ES Sciences éco
- S Mathématiques

Seconde

Mathématiques
Sciences de la Vie et de la Terre

Sciences Po

Histoire

ISBN 9782340-027046

32, rue Bargue 75740 Paris cedex 15

www.editions-ellipses.fr

Le planning de révision

Ce planning présente deux organisations en fonction de l'orientation désirée.

Nous avons donné les mêmes conseils de révisions pendant l'année scolaire.

Les conseils émis pendant les vacances sont plus orientés pour préparer aux mieux les savoirs, les savoir-faire et les compétences nécessaires à la poursuite en première, selon l'orientation choisie.

Planning de révisions dans l'optique d'une orientation scientifique

	Conseils de révisions	Ce que j'ai fait !
De septembre à mi-octobre	**Cours :** *Chapitre 1 : La Terre : une planète qui abrite la vie* *Chapitre 2 : Les molécules du vivant* **Méthode :** Savoir construire, lire et analyser un graphique Comment analyser (lire et interpréter) un tableau ?	
Vacances de la Toussaint	**Cours :** Revoir les cours du collège sur : la définition des cellules et leurs besoins la diversité et la stabilité génétique au sein du vivant **Méthode :** Utiliser un microscope	
De novembre à mi-décembre	**Cours :** *Chapitre 3 : la cellule, unité structurale et fonctionnelle du vivant* *Chapitre 4 : l'ADN, support variable et universel de l'information génétique* **Méthode :** Construire un schéma à partir d'une observation microscopique Utiliser le logiciel anagène 2	
Vacances de Noël	**Cours :** Revoir les cours du collège sur : la parenté et l'évolution la nutrition des végétaux **Méthode :** Construire un arbre phylogénétique simple Concevoir une démarche d'investigation Exploiter des résultats expérimentaux	

	Conseils de révisions	Ce que j'ai fait !
De janvier à mi-février	**Cours :** *Chapitre 5 : La biodiversité, résultat et étape de l'évolution* *Chapitre 6 : le soleil source d'énergie vitale* **Méthode :** Construire un arbre phylogénétique Savoir faire un schéma fonctionnel	
Vacances d'hiver	**Cours :** Revoir les cours du collège sur : le climat l'exploitation des ressources les conséquences des activités humaines sur l'environnement Le système cardio-vasculaire lors d'un effort musculaire **Méthode :** Revoir les méthodes de la première période : Savoir construire, lire et analyser un graphique savoir analyser (lire et interpréter) un tableau Et savoir extraire des informations utiles d'un document	
De mars à mi-avril	**Cours :** *Chapitre 7 : le soleil : une source, des énergies* *Chapitre 8 : Le sol : un patrimoine durable ?* *Chapitre 9 : modifications physiologiques de l'organisme lors d'un effort physique* **Méthode :** Extraire l'information utile de plusieurs documents Faire une recherche documentaire sur internet Exploiter un graphique pour réaliser des calculs	
Vacances de Pâques	**Cours :** Revoir les cours du collège sur l'organisation du système nerveux et la communication nerveuse. **Méthode :** Savoir déduire le fonctionnement normal d'un organe à partir de son dysfonctionnement	
De mai à mi-juin	**Cours :** *Chapitre 10 : régulation de la pression artérielle et de la fréquence cardiaque* *Chapitre 11 : pratiquer une activité physique en préservant sa santé* **Méthode :** Exploiter des résultats expérimentaux Vérifier la bonne compréhension d'une consigne.	

Planning de révisions dans l'optique d'une première L/ES

	Conseils de révisions	Ce que j'ai fait !
De septembre à mi-octobre	**Cours :** *Chapitre 1 :* *La Terre : une planète qui abrite la vie* *Chapitre 2 : Les molécules du vivant* **Méthode :** Savoir construire, lire et analyser un graphique Comment analyser (lire et interpréter) un tableau ?	
Vacances de la Toussaint	**Cours :** Revoir les cours du collège sur la diversité et la stabilité génétique au sein du vivant **Méthode :** Savoir extraire des informations utiles d'un document	
De mi-octobre à mi-décembre	**Cours :** *Chapitre 3 : la cellule, unité structurale et fonctionnelle du vivant* *Chapitre 4 : l'ADN, support variable et universel de l'information génétique* **Méthode :** Construire un schéma à partir d'une observation microscopique Utiliser le logiciel anagène 2	
Vacances de Noël	**Cours :** Revoir les cours du collège sur : la parenté et l'évolution la nutrition des végétaux **Méthode :** Savoir lire un arbre phylogénétique simple Concevoir une démarche d'investigation Exploiter des résultats expérimentaux	
De janvier à mi-février	**Cours :** *Chapitre 5 : La biodiversité, résultat et étape de l'évolution* *Chapitre 6 : le soleil source d'énergie vitale* **Méthode :** Construire un arbre phylogénétique Savoir-faire un schéma fonctionnel	
Vacances d'hiver	**Cours :** Revoir les cours du collège sur : l'exploitation des ressources les conséquences des activités humaines sur l'environnement **Méthode :** Revoir les méthodes de la première période : savoir lire et analyser un graphique savoir analyser un tableau Et extraire des informations utiles de plusieurs documents et savoir les relier par des connecteurs logiques	

	Conseils de révisions	Ce que j'ai fait !
De mars à mi-avril	**Cours :** *Chapitre 7 : le soleil : une source, des énergies* *Chapitre 8 : Le sol : un patrimoine durable ?* *Chapitre 9 : modifications physiologiques de l'organisme lors d'un effort physique* **Méthode :** Extraire l'information utile de plusieurs documents Faire une recherche documentaire sur internet Exploiter un graphique pour réaliser des calculs	
Vacances de Pâques	**Cours :** Revoir les cours du collège sur l'organisation du système nerveux et la communication nerveuse. **Méthode :** Savoir déduire le fonctionnement normal d'un organe à partir de son dysfonctionnement	
De mai à mi-juin	**Cours :** *Chapitre 10 : régulation de la pression artérielle et de la fréquence cardiaque* *Chapitre 11 : pratiquer une activité physique en préservant sa santé* **Méthode :** Exploiter des résultats expérimentaux Vérifier la bonne compréhension d'une consigne.	

Chapitre 1

La Terre : une planète qui abrite la vie

Problématique

- Comment les caractéristiques de la Terre rendent-elles la vie possible ?

« *Il pleut sur la planète. Tombées du ciel, de subtiles molécules s'agencent dans les lagunes et inventent les premières gouttes de vie.*

Hubert Reeves dans *La plus belle histoire du monde*

À l'échelle cosmique, l'eau liquide est plus rare que l'or.

Hubert Reeves »

Points incontournables

- La Terre est une planète rocheuse du système solaire.
- Sa taille et sa position dans le système solaire lui donnent des conditions physico-chimiques particulières (atmosphère, température, eau liquide) compatibles avec la vie.
- Ces conditions peuvent exister sur d'autres planètes hors système solaire si celles-ci font partie de la zone d'habitabilité d'une étoile.

1 L'ESSENTIEL À CONNAÎTRE

L'univers serait formé d'environ 2000 milliards de galaxies selon les dernières estimations faites par L'équipe de Christopher Conselice de l'Université de Nottingham à partir des nouvelles données du télescope spatial Hubble (sciences et avenir du 18 octobre 2016).

Le Soleil n'est qu'une étoile de l'une d'entre elle : **« la voie lactée »** en mouvement constant dans l'univers.

Notre étoile fait le tour de la Galaxie en 250 millions d'années soit entre 20 et 21 révolutions galactiques depuis sa formation il y a 4, 55 milliards d'années...

Donc le système solaire est représenté par les différents objets gravitant autour de cette étoile elle-même en révolution autour de notre Galaxie qui, elle aussi, évolue et bouge dans l'univers...

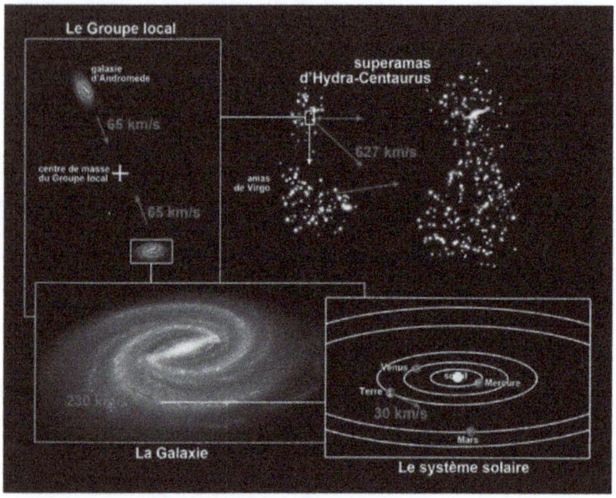

Source : Observatoire de Paris - Unité de Formation et Enseignement - https://media4.obspm.fr

Les planètes et autres objets du système solaire

Le système solaire est constitué de plusieurs objets en orbite autour du soleil qu'il faut savoir localiser et distinguer entre eux : des planètes, des satellites naturels, des astéroïdes et des comètes.

Huit planètes gravitent autour du soleil dans le même sens.

Les orbites de ces planètes sont des ellipses disposées quasiment dans un même plan appelé plan de l'écliptique :

Les mots à retenir

Univers : L'ensemble de la Matière, de l'Espace et du Temps.

Galaxie : Ensemble de millions d'étoiles et autres structures astronomiques retenues entre elles par la gravité.

Étoile : astre produisant et émettant sa propre lumière.

Planète (2006) : objet de forme sphérique gravitant autour d'une étoile sans lumière propre et ayant éliminé tout corps se déplaçant sur une orbite proche.

Satellite naturel : astre en orbite autour d'une planète ou d'un autre objet plus gros que lui.

Astéroïde : petit corps céleste en orbite autour d'une étoile dont la taille est comprise entre un millier de km et quelques dizaines de mètres.

Comète : Objet qui peut atteindre une dizaine de km de diamètre, en orbite autour d'une étoile, constitué de glace et de poussières agglomérées. Lorsque la comète se rapproche de l'étoile, une partie de sa surface se transforme en gaz, qui est à l'origine de la queue de la comète.

Rotation : mouvement d'un corps tournant autour d'un axe qui le traverse.

Révolution : mouvement d'un corps tournant autour d'un astre.

- quatre planètes telluriques proches du soleil, de petite taille et de masse volumique élevée : Mercure, Vénus, la Terre et Mars formées de roches.
- quatre planètes géantes éloignées du soleil et de masse volumique faible : Jupiter, Saturne, Uranus et Neptune constituées principalement de gaz. Elles n'ont pas de surface solide.

Remarque : Pluton n'est plus considérée comme une planète mais comme une planète naine depuis 2006 selon la nouvelle définition de l'union astronomique internationale.

Les confusions à ne plus faire...

- Univers et galaxie
- Planète et étoile
- Planète et planète naine

Planète	Mercure	Vénus	Terre	Mars
Distance au soleil (UA)	0,39	0,72	1	1,52
Température (C°)	+167	+460	Entre −90 et +58	Entre −50 et +30
Diamètre (km)	4 880	12 102	12 756	6792
Masse volumique (g/cm³)	5,44	5,24	5,5	3,94
Présence d'une atmosphère	Non	Oui	Oui	Oui
Présence d'eau liquide	Non	Non	Oui	Non

Planète	Jupiter	Saturne	Uranus	Neptune
Distance au soleil (UA)	5,20	9,54	19,18	30,06
Température (C°)	−120	−150	−200	−250
Diamètre (km)	142 984	120 536	51 118	49 258
Masse volumique (g/cm³)	1,31	0,7	1,3	1,66
Présence d'une atmosphère	Oui	Oui	Oui	Oui
Présence d'eau liquide	Non	Non	Non	Non

Si on compare les différentes caractéristiques des planètes du système solaire, on constate que :

- la température moyenne des planètes est fonction de leur distance au Soleil : plus celles-ci sont proches du Soleil, plus il y fait chaud et inversement (à l'exception de Mercure).
- Toutes ces planètes ont une atmosphère (à l'exception de Mercure).
- Seule la planète Terre dispose d'eau sous forme liquide.

La Terre, est donc une planète petite et dense formée de roches. Elle possède une atmosphère et de l'eau à l'état liquide et se situe à 150 millions de km du Soleil : cette distance a été choisie comme unité astronomique (UA).

Les mots à retenir

Rayons infrarouges : La lumière *Infrarouge* est invisible à l'œil humain. Les rayons infrarouges réfléchis par la Terre proviennent du rayonnement solaire qui parvient jusqu'à la surface de la Terre. Lorsque celui-ci atteint la surface de la Terre, en fonction de l'albédo de la surface frappée, une partie plus ou moins importante du rayonnement est réfléchie sous forme de rayons infrarouges.

Albédo : C'est le pouvoir réfléchissant d'une surface, soit le rapport de l'énergie lumineuse réfléchie à l'énergie lumineuse incidente.

Les particularités de la Terre

Les conditions physiques de la Terre

La masse et la taille de la Terre lui permettent d'exercer une gravité pour conserver une atmosphère contrairement à Mercure la plus petite et la moins massique des planètes telluriques.

L'existence de cette atmosphère retenue par la force gravitationnelle de la Terre crée une pression atmosphérique de 10^5 Pa en moyenne.

Comme déjà évoqué au-dessus, la distance au soleil est un facteur déterminant la température moyenne d'une planète.

Ainsi, la température moyenne de surface mesurée de la Terre est de 15 degrés Celsius.

Cependant, si l'on calcule la température moyenne théorique en tenant compte uniquement de la distance au soleil, on obtient une température de – 18 degrés Celsius.

Il existerait donc un ou plusieurs autres facteurs influençant la température moyenne de la Terre. Ceci va nous diriger vers les différents paramètres chimiques comme la composition de l'atmosphère.

Les mots à retenir

Zone d'habitabilité : Région de l'espace où les conditions sont favorables à l'apparition ou au maintien de la vie.

Exoplanète : Une exoplanète est une planète qui tourne autour d'étoiles autres que le soleil.

Pour finir, la pression atmosphérique qui existe sur Terre et sa température permettent la présence d'eau liquide selon le graphique de pression et de température des états de l'eau sur Terre :

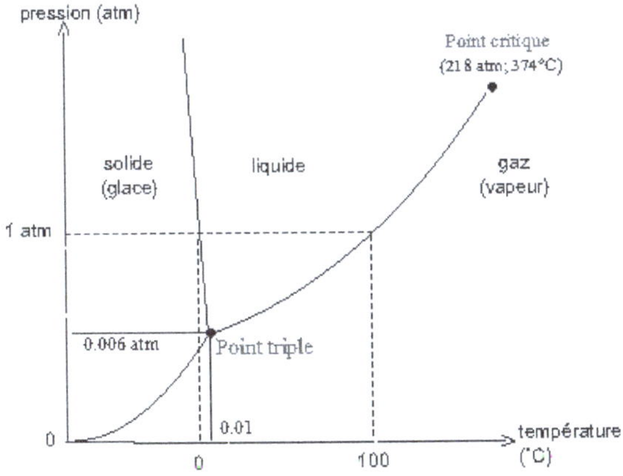

Auteur : De Slady Wiki

Les conditions chimiques de la Terre

L'atmosphère contient plusieurs gaz (CO_2, H_2O ou encore CH_4 par exemple) qui piègent les rayons infrarouges réfléchis par la Terre : ils sont ainsi à l'origine d'un effet de serre responsable d'une température moyenne de 15 degrés Celsius à la surface de la Terre. Sans cet effet de serre, la température moyenne théorique ne serait que de −15 degrés Celsius : incompatible avec l'eau liquide et la vie.

L'eau existe donc sous trois états : solide, liquide ou gazeux. La présence de ces 3 états dépend donc de la température et de la pression comme nous l'avons vu précédemment sur le graphique. Cette particularité chimique de la Terre est compatible avec la vie.

Les caractéristiques qui permettent la vie

La vie se maintient sur Terre par la **présence d'une atmosphère** (grâce à la taille et à la masse de la Terre) qui contient du dioxygène et des gaz à effet de serre (GES) et qui créé une pression atmosphérique moyenne de 10^5 Pa.

La distance Terre-Soleil est en partie responsable **d'une température moyenne compatible avec la vie** : l'autre facteur influençant la température étant la composition de l'atmosphère en gaz à effet de serre.

La température et la pression existantes sont responsables de la **présence sur Terre des 3 états de l'eau nécessaire à la Vie.**

1 L'ESSENTIEL À CONNAÎTRE

La zone d'habitabilité source de vie ailleurs?

On appelle zone d'habitabilité une région de l'espace où les conditions sont favorables à l'apparition ou au maintien de la vie.

Exemple : la zone d'habitabilité du soleil correspond à la région de l'Espace située entre les orbites de Vénus et de Mars exclus.

La position de la zone d'habitabilité dépend du type de l'étoile. Le type d'étoile est déterminé par la température et la densité de l'étoile : plus celle-ci est chaude et massive, plus la zone habitable se situe loin d'elle.

Une exoplanète est une planète qui tourne autour d'étoiles autres que le soleil. Celles qui seraient susceptibles d'héberger la vie doivent se trouver dans la zone d'habitabilité de leur étoile.

La recherche d'une exoplanète qui pourrait abriter la vie et ressemblant à la Terre est devenue très active ces dernières années. La communauté scientifique en découvre régulièrement. On parle d'exoplanète tellurique. La première exoplanète tellurique détectée est Gliese 581c en avril 2007 : La température moyenne pourrait être comprise entre 0 °C et 40 °C. Les dernières découvertes sont nombreuses et cela évolue régulièrement... En un peu plus d'une dizaine d'années, plusieurs milliers de planètes ont été découvertes en orbite autour d'étoiles autres que le soleil : cependant, nous commençons seulement à les caractériser plus précisément et à pouvoir les classer comme exoplanète compatible avec la vie. On ne dénombre actuellement qu'une quarantaine de planètes en zone « habitable » dans l'Univers. La dernière n'est autre que Proxima b, l'exoplanète la plus proche de notre Terre en orbite autour de Proxima du Centaure (étoile la plus proche de notre système solaire) et « potentiellement habitable ».

Je me teste !

1. De quoi le système solaire est-il composé ?

   ....

2. Quelles sont les caractéristiques de la Terre qui permettent la Vie ?

   ....

3. Qu'est-ce que la zone d'habitabilité d'une étoile ?

   ....

Dernière minute

La Terre appartient au groupe des planètes rocheuses. Sa taille et sa masse lui permettent de retenir une atmosphère. Sa distance par rapport au soleil permet une température compatible avec la présence d'eau à l'état liquide.

La composition de son atmosphère (Dioxygène et GES) explique l'apparition et le maintien de la vie.

Des caractéristiques similaires peuvent exister sur des exoplanètes. Ces planètes ont été localisées dans la zone d'habitabilité de leur(s) étoile(s).

Je lis, je surfe !

- Document PDF académique en ligne : « les singularités de la planète Terre » sur le site académique de Lyon.
  ↳ Permet de bien cerner et de schématiser les caractéristiques de la Terre qui permettent la vie.
- Documents vidéos « Les Bons Profs : La Terre : planète du système solaire et la Terre : planète habitable – SVT SECONDE ».
  ↳ Vidéos qui explique simplement les grandes lignes du chapitre.
- Petit livre-collection Les Petites Pommes du savoir : *Y a-t-il d'autres planètes habitées dans l'Univers ?* De Pascal Bordé, éditions Le Pommier.
  ↳ Des réponses brèves, claires, précises et scientifiques aux questions que l'on se pose sur les exoplanètes « habitables ».

La méthode : savoir construire, lire et analyser un graphique

1. Je construis un graphique à deux variables :

- J'étudie le tableau des données et je repère les deux variables :

PLANÈTE	DISTANCE AU SOLEIL EN UA	MASSE VOLUMIQUE EN g/cm^3
Mercure	0,39 (0.29)	5,44
Vénus	0,72 (0.54)	5,24
Terre	1 (0.75)	5,5
Mars	1,52 (1.14)	3,94
Jupiter	5,20 (3.9)	1,31
Saturne	9,55 (7.16)	0,7
Uranus	19,2 (14.4)	1,3
Neptune	30 (28)	1,66

- je trace deux axes perpendiculaires (horizontal et vertical) ;
- j'indique la variable représentée et l'unité de cette variable sur chaque axe ;

  Ici, l'axe horizontal représente la distance au soleil en Unité Astronomique (UA) et l'axe verticale la masse volumique en g/cm3.

- je choisis une échelle adaptée à l'écart entre la première et la dernière donnée pour chaque variable et indique cette échelle en plaçant les graduations.

La plus grande donnée pour la distance et 30. J'ai 28 cm. Je choisis d'utiliser toute la place, donc 28 cm représentera 30 UA. Ce qui veut dire que 14 cm représentera 15 UA et 7,5 cm représentera 10 UA. Ainsi, l'échelle choisie pour la distance et de 0,75 cm pour 1 UA.

Pour la masse volumique, c'est plus facile ! Elle varie de 0,7 à 5, 5 donc nous pouvons prendre deux carreaux (soit 2 cm) pour une unité.

- Je localise les points en repérant pour chaque point les deux données correspondantes ;
- **je n'oublie pas de les convertir à l'échelle choisie (par exemple, pour la distance, je multiplie la valeur par 0,75 : nombres entre parenthèses dans le tableau) ;**
- je place une croix bien visible à l'intersection des droites perpendiculaires aux deux axes et qui passent par les données du point correspondant.
- Si besoin, je trace la courbe en reliant les points par un trait fin et continu, sans utiliser une règle.

Dans cet exemple, ce n'est pas nécessaire !

- Je donne un titre à mon graphique : en général, il contient les deux variables étudiées. Ici, masse volumique des planètes du Système Solaire en fonction de leur distance au soleil.

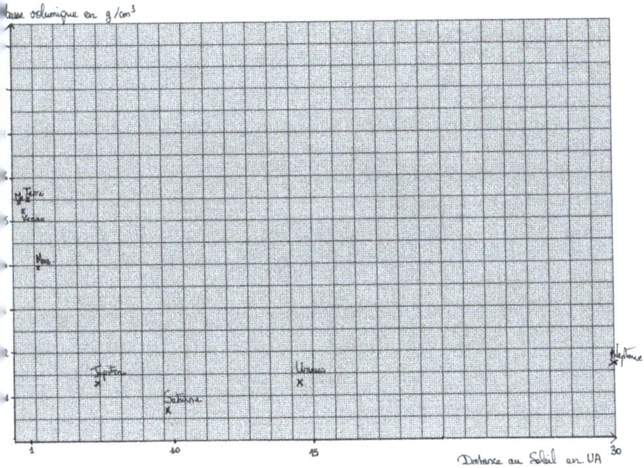

2. Je lis un graphique

- Je prends connaissance de la nature et de l'unité de la grandeur exprimée à l'extrémité de chaque axe.
- Je recherche le titre : en général, la grandeur exprimée sur l'axe vertical varie en fonction de la grandeur exprimée sur l'axe horizontal. Cette relation entre les grandeurs est renseignée dans le titre.
- J'ai une des deux données pour un point et je cherche l'autre : je repère la valeur donnée sur l'axe correspondant et je trace une demi-droite en pointillé à partir de cette valeur parallèle à l'autre axe jusqu'à l'intersection avec la courbe du graphique ; les coordonnées du point d'intersection sont la valeur donnée initialement et celle qu'on cherche.

3. J'analyse un graphique

- Je cherche comment varie la grandeur que j'étudie (celle sur l'axe vertical en général) ; je repère un ou deux points significatifs en prenant soin de les chiffrer.

  Sur le graphique ci-dessus, on remarque que la masse volumique est la plus importante pour les planètes les plus proches du soleil.

- Si l'évolution n'est pas régulière alors je cherche différentes phases ou stades et repère le minimum et le maximum à chaque fois.

  La plus grande est celle de la Terre. La plus petite est celle de Saturne.

- Je cherche une explication à la signification des variations que je viens de constater en réinvestissant mes connaissances.

Plus la masse volumique est élevée plus la matière est condensée. Nous pouvons donc faire l'hypothèse que la matière se condense de manière plus importante près du Soleil. Ainsi, nous distinguons deux types de planètes :

- les planètes telluriques très denses constituées de roches, très condensées donc petites.
- les planètes gazeuses très peu denses constituées essentiellement de gaz, peu condensées donc grandes.

Le conseil du prof

Bien comprendre l'organisation du système solaire et être capable d'expliquer les caractéristiques de la Terre qui ont permis l'apparition et le maintien de la Vie.

Comprendre le lien entre la gravité, la pression et l'atmosphère.

Savoir expliquer l'effet de serre et ses conséquences.

Savoir déduire des documents la zone d'habitabilité d'une étoile.

Ça peut tomber !

- Cette exoplanète est-elle dans la zone d'habitabilité de son étoile ? (étude de documents)
- D'après le diagramme de phase de l'eau, retrouvez l'état de l'eau de cette exoplanète connaissant la température et la pression.
- Qu'est-ce que l'effet de serre ?
- Explique pourquoi les singularités de la Terre ont permis la Vie ?

Exercice : Une nouvelle exoplanète !

La communauté scientifique vient de localiser une nouvelle exoplanète :

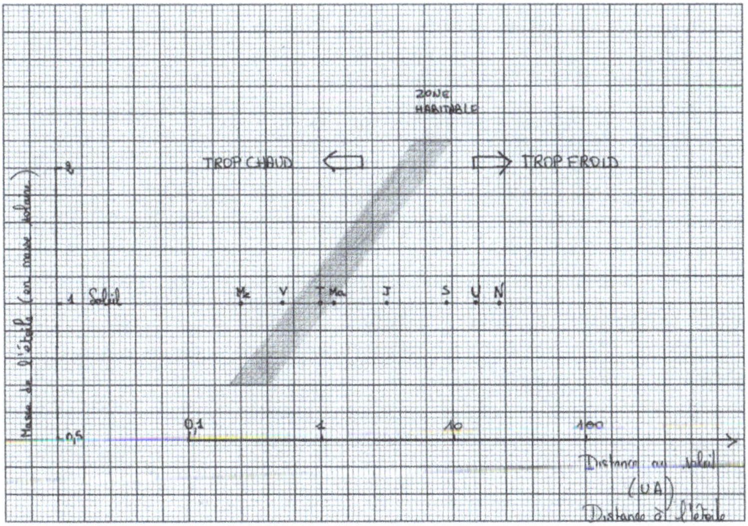

1. À l'aide du document ci-dessus représentant la zone habitable théorique selon la masse de l'étoile (par rapport au soleil), positionnez cette exoplanète par une croix sur le graphique ; la masse de son étoile vaut 0,9 fois celle du Soleil et la distance entre elle et son étoile est de 0,9 UA.
2. Se situe-t-elle dans la zone d'habitabilité de cette étoile ?
3. En utilisant le diagramme de phase de l'eau (document 2), indiquez sous quel(s) état(s) existe l'eau sur cette exoplanète dont la pression serait de 10^2 et la température serait comprise entre −50 et 50° Celsius.
4. Cette exoplanète pourrait-elle être compatible avec la Vie ? Justifier votre réponse.

Corrigé

D'après le document, je positionne notre exoplanète entre Vénus et la Terre : elle se situe dans la zone d'habitabilité de son étoile.

En utilisant le diagramme, si je repère l'intersection entre la demi-droite qui correspond à 10^2 Pa et la zone qui correspond entre -50 et 50 °C, je trouve deux états de l'eau : solide et gazeux.

Cette exoplanète ne possédant pas d'eau liquide indispensable à la Vie ne serait donc pas compatible.

Cependant l'eau liquide est indispensable à la Vie telle que nous la connaissons mais peut-être existe-t-il d'autres types de Vie ?

Planète	Mercure	Vénus	Terre	Mars
Distance au soleil (UA)	0,39	0,72	1	1,52
Température (C°)	+167	+460	Entre -90 et +58	Entre -50 et +30
Diamètre (km)	4 880	12 102	12 756	6 792
Masse volumique (g/cm³)	5,44	5,24	5,5	3,94
Présence d'une atmosphère	Non	Oui	Oui	Oui
Présence d'eau liquide	Non	Non	Oui	Non

Planète	Jupiter	Saturne	Uranus	Neptune
Distance au soleil (UA)	5,20	9,54	19,18	30,06
Température (C°)	-120	-150	-200	-250
Diamètre (km)	142 984	120 536	51 118	49 258
Masse volumique (g/cm³)	1,31	0,7	1,3	1,66
Présence d'une atmosphère	Oui	Oui	Oui	Oui
Présence d'eau liquide	Non	Non	Non	Non

Je gagne des points !

Je définis la notion d'exoplanète et de zone d'habitabilité

Je gagne des points !

Je précise bien sur le graphique où se situe l'exoplanète en traçant les demi-droites correspondantes en pointillés (même remarque pour l'exemple dans le diagramme) et j'explique comment j'ai déterminé son emplacement.

Ce que je dois mobiliser

Trouver les caractéristiques d'une exoplanète compatible avec la Vie :

- Localiser la zone d'habitabilité de son étoile
- Exploiter le diagramme de phase de l'eau

Le conseil

Bien maitriser les caracteristiques de la terre qui permettent la vie.

Chapitre 2

Les molécules du vivant

Problématique

- Comment peut-on distinguer le monde vivant du monde inerte ? Comment caractériser la matière (les molécules) qui constitue les êtres vivants ?

“*Ce qui caractérise le monde vivant, ce sont à la fois sa diversité apparente et son unité sous-jacente.*

L'évolution biologique est ainsi fondée sur une sorte de bricolage moléculaire, sur la réutilisation constante du vieux pour faire du neuf.

François Jacob dans
Le jeu des possibles : Essai sur la diversité du vivant”

Points incontournables

- Les êtres vivants sont constitués d'éléments chimiques que l'on trouve sur la Terre.
- Ils sont formés des mêmes atomes que les éléments du monde inerte mais ces atomes ne sont pas présents dans les mêmes proportions.
- En ce qui concerne les caractéristiques des molécules constitutives des êtres vivants, on constate une grande richesse en eau et la forte présence de molécules carbonées.
- L'unité chimique des êtres vivants est un indice de leur parenté.

Comme nous venons de le constater dans le chapitre 1, les conditions qui règnent sur Terre ont permis le développement de la vie.

Tous les êtres vivants sont constitués de cellules, elles-mêmes formées de molécules.

À la suite du big-bang, qui s'est produit il y a environ 13,7 milliards d'années, les éléments de l'univers se seraient créés progressivement. Les molécules seraient ensuite apparues et, à un moment donné de leur complexification, se seraient regroupées en protéines et acides nucléiques.

Savoir comment ces deux macromolécules ont été élaborées constitue aujourd'hui un des enjeux le plus important pour comprendre les origines de la vie.

On estime que la vie (telle que nous la connaissons) est apparue sur Terre il y a environ 4 milliards d'années. On définit un être vivant par sa capacité à se reproduire et à produire sa propre matière. Les êtres vivants fabriquent leur matière à partir d'éléments chimiques disponibles dans le milieu qui les entoure. C'est l'une des propriétés du vivant. *Mais à l'heure actuelle, comment distinguons-nous la matière vivante de la matière inerte ?*

La parenté chimique entre le vivant et le non vivant

Composition chimique comparée dans le monde minéral, végétal et animal

Terre		Luzerne		Homme	
Fe	35	C	11	C	18
O	30	H	10	H	10
Si	15	O	76	O	65
Mg	13	N	0,8	N	3
Ni	2,4	P	0,7	Ca	2
S, Ca, Al, C, H, N	< 2 % chacun	K, S, P, Na, Mg, Ca	< 1 % chacun	K, S, Na, Mg	< 1 % chacun

D'après Biochimie Structurale Audigié, Zonszain, Doin 2009

On remarque que les mêmes éléments chimiques sont présents chez les êtres vivants et sur la Terre mais pas dans les mêmes proportions. Les éléments les plus abondants sur Terre sont le fer, l'oxygène, le silicium et le magnésium ; le carbone, l'hydrogène et l'azote étant inférieur à 2 % de la masse de la Terre. Dans la matière vivante, il s'agit du carbone, de l'oxygène, de l'hydrogène et de l'azote dans des proportions variables suivant l'être vivant considéré. Seul l'oxygène est commun au vivant et au non vivant dans des proportions importantes.

Les mots à retenir

Atomes : Tous les matériaux dans l'univers sont constitués d'atomes. Les atomes sont invisibles à l'œil nu ($0{,}1 \times 10^{-9}$ m).

Un atome est constitué d'un noyau et d'électrons qui tournent autour du noyau. Il est considéré comme électriquement neutre.

Molécules : Une molécule est une particule électriquement neutre constituée par au moins deux atomes (ne pas confondre molécule et atome : une molécule est un assemblage d'atomes).

Élément chimique : On donne le nom d'élément chimique à l'ensemble des entités chimiques comme l'atome caractérisées par leur nombre de protons dans leur noyau. Les éléments chimiques sont représentés par leur symbole chimique.

Exemple :

Le carbone C

L'hydrogène H

L'oxygène O L'élément chimique X est défini par le nombre de protons, Z, contenu dans les noyaux des atomes, des ions, des molécules qui le contiennent. Ainsi on dira que l'élément carbone se retrouve dans la molécule CO_2, dans l'ion carbonate, dans le diamant, car on peut trouver dans ces trois corps purs des noyaux qui contiennent 6 protons.

Lithosphère : La lithosphère constitue la partie superficielle de la terre et forme les plaques rigides de la tectonique des plaques.

Comment s'organisent les quatre éléments chimiques majeurs constituant la matière vivante ?

Les molécules caractéristiques de la matière vivante

Dans la matière, les atomes sont organisés en molécules.

Une molécule organique est constituée de carbone et d'hydrogène, auxquels s'ajoutent d'autres éléments comme l'oxygène, l'azote... Les molécules organiques sont essentiellement produites par les êtres vivants.

Nous savons depuis le collège que les êtres vivants sont constitués d'eau, de lipides, de glucides et de protides.

- **Mise en évidence de la présence de ces molécules dans la matière vivante :**

Nous pouvons identifier ces molécules à l'aide de tests :

Test 1 : Mise en évidence de la présence d'eau

Pour trouver la quantité d'eau d'un échantillon de matière vivante, nous le plaçons dans une sorte d'étuve à basse température et à basse pression pour le déshydrater complètement.

Nous aurons pris soin de le peser avant le passage à l'étuve et après ; la différence de masse correspond à la quantité d'eau.

Test 2 : Mise en évidence de la présence de lipides

Nous frottons l'échantillon à tester sur une feuille de papier : l'apparition d'auréoles grasses atteste de la présence de lipides.

Test 3 : Mise en évidence de la présence de glucides

Pour des glucides complexes comme l'amidon, le test à l'eau iodée ou réactif de lugol permet de mettre en évidence la présence d'amidon par une coloration bleu nuit.

Pour les glucides simples comme le glucose, il existe plusieurs tests :

- Le test à l'aide de bandelette qui, lorsque l'échantillon a été placé dans une solution, révèle la présence de glucose (couleur caractéristique de la bandelette).
- Le test à la liqueur de Fehling (liquide bleu) qui, après 5 minutes au bain-marie à 90 °C, va précipiter et prendre une couleur rouge brique en présence de certains glucides.

Test 4 : Mise en évidence de la présence de protides

Pour la mise en évidence des protides, il existe un test appelé le test de BIURET. Dans un tube à essai avec l'échantillon à tester en solution, nous plaçons 1 ml de soude à 20 %. Nous ajoutons goutte à goutte du sulfate de cuivre. La solution prend une couleur pouvant varier du rouge (chaîne longue) au bleu (chaîne courte) en présence de protides.

- **Représentation de la structure de ces molécules à l'aide du logiciel RASTOP :**
  - **Exemple d'un protide** : une partie de la molécule de collagène constituant bien connu de la peau

  - **Exemple d'un glucide** : le glucose

- **Exemple d'un lipide** : l'acide arachidonique

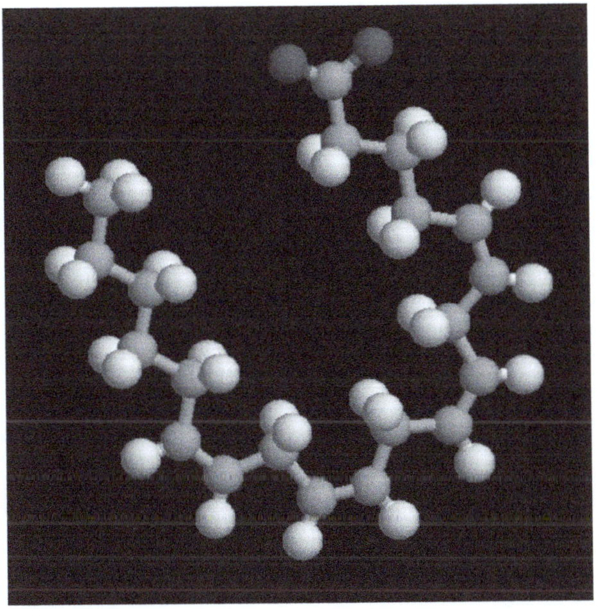

Quand on les compare, on remarque une chaîne structurale faite d'atomes de couleur grise sur le logiciel : le carbone.

Le carbone peut se lier à 4 autres atomes : il établit des liaisons avec l'oxygène (rouge), l'hydrogène (blanc) et l'azote (bleu) formant ainsi une multitude de molécules à squelette carboné.

On constate que les glucides et les lipides sont formés essentiellement de carbone, d'hydrogène et d'oxygène ; les protides contiennent en plus de l'azote et parfois du soufre.

- **L'eau constituant principal de la matière vivante**

Organisme vivant	Teneur en eau
Méduse	98 %
Tomate	91 %
Pomme de terre	78 %
Humain	62 %

L'eau représente un constituant essentiel de la matière vivante (de 65 % à 95 % de la masse totale des êtres vivants) ; les végétaux étant plus riches en eau que les animaux.

2 L'ESSENTIEL À CONNAÎTRE

L'unité chimique des êtres vivants

Les êtres vivants sont tous constitués d'atomes de carbone, d'oxygène et d'hydrogène en proportion variable. Ces éléments chimiques communs peuvent être considérés comme un indice de parenté.

Ces atomes sont assemblés en molécules caractérisées par leur squelette carboné : lipides, glucides et protides.

Ces molécules organiques communes à tous les êtres vivants forment un indice supplémentaire de leur parenté.

La grande teneur en eau des êtres vivants constitue aussi un indice. Ainsi, L'unité chimique des êtres vivants est caractérisée par une grande richesse en eau et par la présence de molécules organiques.

Je me teste !

1. Quels sont les points communs et les différences entre la matière vivante et la matière inerte qui constituent la Terre ?

   ....

2. Quelles sont les caractéristiques des molécules du vivant ?

   ....

3. Comment définir l'unité chimique des êtres vivants ?

   ....

Dernière minute

On trouve les mêmes éléments chimiques dans la matière vivante et inerte mais en proportion différente.

Les Molécules du vivant :

- sont caractérisées par la présence d'atomes de carbone, d'hydrogène et d'oxygène et d'azote : ceci définit les molécules organiques.
- possèdent une grande richesse en eau.

Tous les êtres vivants possèdent des molécules organiques et une quantité importante d'eau. Cette unité chimique est un indice de leur parenté.

Je lis, je surfe !

- Vidéo Youtube « Les Bons Profs : Matière vivante et matière inerte – SVT SECONDE »
  ↪ Rappel sur la composition de la matière dans le monde inerte et le monde vivant. Très bien expliqué grâce à une illustration pertinente !
- Vidéo Youtube « Les Bons Profs : la matière organique – SVT SECONDE »
  ↪ Explication simple et illustrée de la composition de la matière organique.
- Logiciel RASTOP à télécharger sur l'académie de Lyon et librairie de molécules sur librairiedemolecules.education.fr.
  ↪ Ce logiciel permet de visualiser les molécules organiques en 3D.

La méthode : Comment analyser (lire et interpréter) un tableau ?

Un tableau est un mode de communication qui demande un déchiffrage précis.

Pour lire et interpréter un tableau, on veillera à :

1. Repérer le titre du tableau, comprendre l'intitulé des lignes et des colonnes.
2. Regarder les unités de mesure.
3. Rechercher toutes les ressemblances et toutes les différences entre les données du tableau pour un même élément en les listant ligne par ligne ou colonne par colonne.
4. Réunir toutes les ressemblances et toutes les différences ensemble et être capable de comparer 2 valeurs en employant un vocabulaire précis « augmente », « diminue » ou « reste constant ».
5. Trouver des liens éventuels entre elles : interpréter. Il n'est pas nécessaire de citer tous les chiffres que l'on peut y trouver mais d'établir des relations, de dégager des tendances, des évolutions…
6. Conclure en insistant sur les grandes ressemblances ou les grandes différences et/ou en indiquant ce qui est le plus important ou le plus marquant (exemple : il existe une seule différence ou ressemblance).

Le conseil du prof

Pour faire la différence :

Penser à présenter le tableau : titre et une phrase pour expliquer en quoi il consiste.

Définir les intitulés des lignes et des colonnes.

Lire le tableau en entier et comparer toutes les valeurs comparables avant d'interpréter.

Ça peut tomber !

- Rédiger un texte argumenté pour expliquer l'unité chimique des êtres vivants.
- À l'aide d'un tableau, comparer la composition de la matière vivante à celle de la matière inerte. Que peut-on en conclure ?
- À l'aide de documents, analyser la composition de la matière vivante et démontrer l'unité chimique du vivant.

Un exemple d'analyse de tableau

Voici le tableau de composition des êtres vivants et des roches (en % de masse totale) Quelles sont les caractéristiques de la matière vivante d'après les données du tableau ci-dessous ?

Je gagne des points !
Présenter les étapes de votre analyse : j'observe, j'interprète ou j'en déduis, je conclus.

composants	œuf	noix	pomme de terre	granite	calcaire
glucides	0,7	8	19	0	0
lipides	11,2	70	0,1	0	0
protides	12,9	17	2	0	0
minéraux	1,1	1,9	1	100	100
eau	74,1	3	77,8	0	0

D'après « Aliments et boissons » - Biosciences et Techniques

1. Je présente le tableau

Ce tableau présente les proportions (en % de masse totale) des différents constituants de trois êtres vivants et deux roches.

2. Je compare les donnés entre elles

Les trois êtres vivants sont constitués de glucides, de lipides, de protides et d'eau dans des proportions variables. Ils contiennent aussi des minéraux mais en proportion minime (inférieure à 2 %). Les roches sont exclusivement constituées de minéraux (100 %).

3. J'interprète les données et je conclus

Seuls les êtres vivants sont constitués de glucides, lipides, protides et d'eau. Ils contiennent aussi des minéraux.

On peut déduire de ces données que la matière vivante est caractérisée par la présence de molécules organiques telles que les lipides, les glucides et les protides et de molécules d'eau. Cette unité chimique des êtres vivants est un indice de leur parenté.

Les pluies rouges de Kerala

Le 25 juillet 2001, une pluie de couleur rouge s'est abattue sur la ville de Kerala et de ses environs en Inde.

D'où provient la couleur rouge de ces pluies ?

Deux hypothèses scientifiques s'affrontent :

Hypothèse 1 : la couleur rouge est due à des grains de sable du désert transportés par des vents.

Hypothèse 2 : la couleur rouge est due à des cellules reproductrices de champignons de la région de Kerala transportées par des vents.

Question : D'après la composition chimique des particules présentes dans les gouttes d'eau de Kerala présentée dans le tableau ci-dessous, pouvez-vous choisir une des deux hypothèses ? Justifiez votre choix à l'aide des résultats et de vos connaissances.

Éléments chimiques	Pourcentage de la masse totale
O	45,4
C	43
H	4,4
N	1,8
Si	2,9
Fe	1

Correction : J'observe un fort pourcentage d'oxygène et de carbone et un faible pourcentage de fer et de Silice.

Je sais que la matière vivante est constituée principalement des éléments chimiques C, H, O, N (carbonée) et que la matière inerte contient essentiellement de la silice et du fer.

J'en déduis que les particules présentes dans les gouttes d'eau de pluie de Kerala sont des particules issues de la matière vivante.

J'en conclus que l'hypothèse 1 est réfutée : les particules ne sont pas de nature minérale. l'hypothèse 2 a plus de chance d'être validée à condition de déterminer l'être vivant considéré.

Ce que je dois mobiliser

Compétences travaillées :

- Pratiquer une démarche scientifique
- Exploiter des résultats

Point du cours concerné

Les êtres vivants se caractérisent par leur matière carbonée et leur richesse en eau.

Le conseil

Suivre la méthode simplifiée suivante : j'observe..., Je sais..., je déduis..., je conclus...

Chapitre 3

La cellule, unité structurale et fonctionnelle du vivant

Problématique

- Comment l'étude du vivant à l'échelle cellulaire met-elle en évidence une parenté entre les organismes ?

« *Il n'y a rien de vivant dans une cellule sauf l'ensemble.* »

Lucien Cuénot

« *D'une lave en fusion, d'une pâte d'étoile, d'une cellule vivante germée par miracle nous sommes issus, et peu à peu, nous nous sommes élevés jusqu'à des cantates et peser des voies lactées.* »

Antoine de Saint-Exupéry

Points incontournables

- Tous les êtres vivants sont constitués d'une ou plusieurs cellules. Celles-ci sont composées d'un cytoplasme entouré d'une membrane plasmique.
- Il existe deux grandes catégories de cellules : les cellules procaryotes et les cellules eucaryotes. Ces dernières possèdent, en plus du cytoplasme et de la membrane, un noyau et différents organites. Donc, tous les êtres vivants partagent des structures cellulaires communes représentées par le cytoplasme et la membrane. Cette unité structurale est un premier indice de leur parenté.
- La cellule échange de la matière et de l'énergie avec son environnement. Ainsi, de nombreuses transformations chimiques se déroulent à l'intérieur des cellules : elles constituent ce qu'on appelle le métabolisme. Il est contrôlé par les conditions du milieu et par le patrimoine génétique.
- Cette unité fonctionnelle commune à tous les êtres vivants est un autre indice de leur parenté.

Depuis le collège, nous savons que les cellules constituent la matière vivante.

Dans le cas où l'être vivant est pluricellulaire, Les cellules se structurent en tissus, les tissus forment les organes et l'ensemble des organes s'harmonisent en appareils qui s'organisent en organisme.

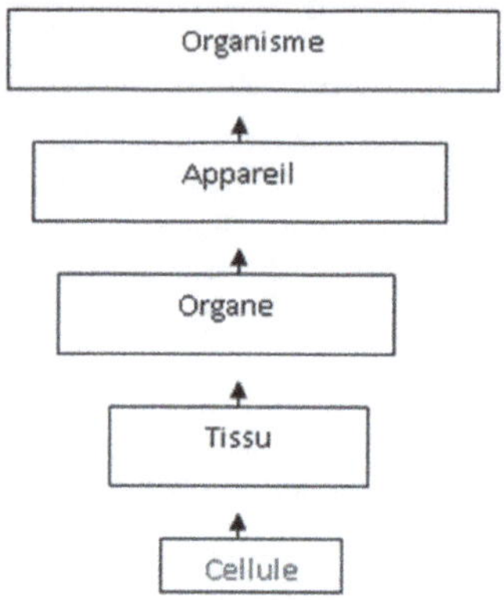

Nous avons observé des cellules délimitées par une membrane qui entoure un cytoplasme. Cette unité de structure des cellules de tous les êtres vivant est un indice de leur parenté.

Nous avons distingué un noyau dans certaines d'entre elles. Dans ce cas, le matériel génétique est localisé dans ce noyau.

Même si elles partagent cette même structure, sont-elles toutes constituées des mêmes éléments ?

L'organisation des cellules

Les cellules eucaryotes

Dans le cas des cellules avec un noyau clairement délimité (eucaryote), on observe des organites dans leur cytoplasme. Ces organites correspondent à des compartiments intracellulaires délimités par une membrane ; ils occupent une fonction bien définie dans le métabolisme de la cellule. Par exemple, la mitochondrie joue un rôle essentiel dans la respiration cellulaire. Le matériel génétique est localisé dans le noyau.

Si on observe des cellules animales (fig. 1) et végétales, on retrouve toutes les caractéristiques des cellules eucaryotes. Dans les cellules de levure (fig. 2) ou les cellules végétales chlorophylliennes (fig. 3), on distingue en plus une paroi entourant leur membrane plasmique caractéristique Chez les cellules végétales, sont présents également une vacuole et/ou des chloroplastes.

Les mots à retenir

Membrane : Délimite la cellule et assure les échanges entre la cellule et le milieu extra-cellulaire.

Cytoplasme : Dans une cellule procaryote, c'est toute la matière située à l'intérieur de la membrane.

Chez une cellule eucaryote, le cytoplasme est toute la matière située à l'intérieur de la membrane et à l'extérieur du noyau.

Noyau : Organite qui contient l'information génétique.

Organite : c'est un compartiment à l'intérieur de la cellule eucaryote, il correspond à des fonctions bien précises. Exemple : le noyau, la mitochondrie ou encore le chloroplaste sont des organites.

Mitochondries : organites délimités par deux membranes qui sont le siège de la respiration cellulaire.

La respiration cellulaire : Réaction chimique utilisant du dioxygène et des nutriments pour libérer de l'énergie.

Chloroplastes : organites délimités par deux membranes qui sont le siège de la photosynthèse.

Vacuoles : Présentes dans les cellules végétales (plus rarement, et avec des rôles différents dans certaines cellules animales), elles permettent le stockage d'eau, de minéraux, de substances de réserves.

Bioréacteur : cuve de fermentation industrielle permettant de réguler les conditions du milieu, dans lequel on multiplie des micro-organismes (levures, bactéries, champignons microscopiques, algues, cellules animales et végétales).

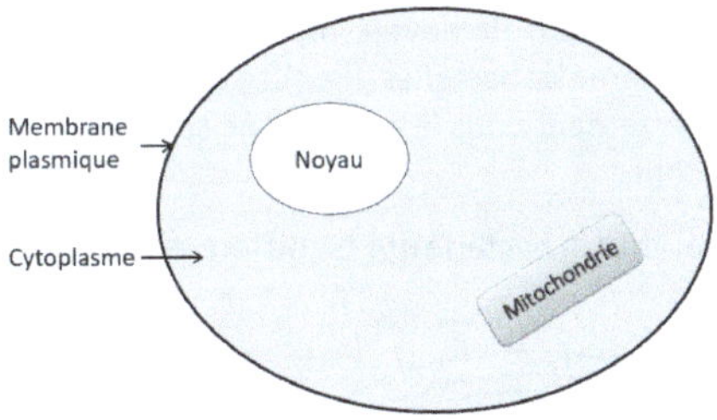

Figure 1 : Cellule animale

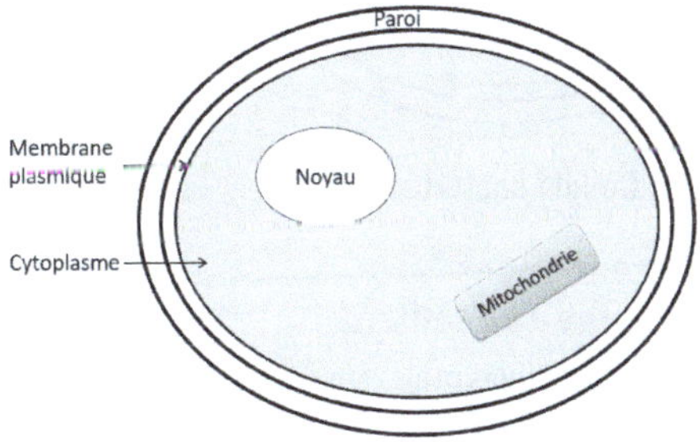

Figure 2 : Cellule de levure

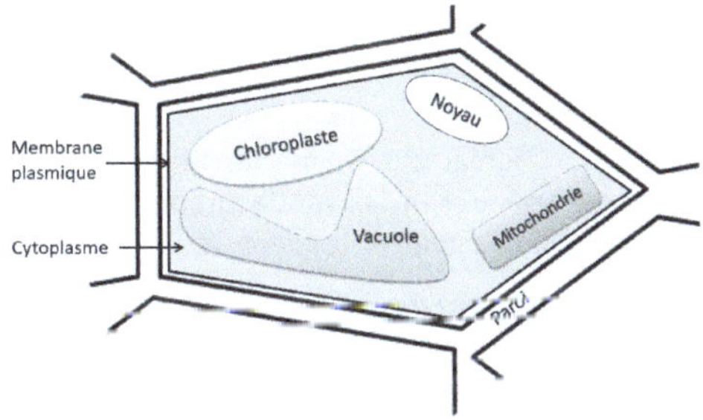

Figure 3 : Cellule végétale chlorophyllienne

Les cellules procaryotes

Les cellules qui ne contiennent pas de noyau (procaryote) ne présentent aucun organite comme les bactéries (fig. 4). Le matériel génétique se présente directement dans le cytoplasme sous la forme d'un chromosome libre.

On observe aussi une paroi chez la bactérie qui est différente de celle des végétaux.

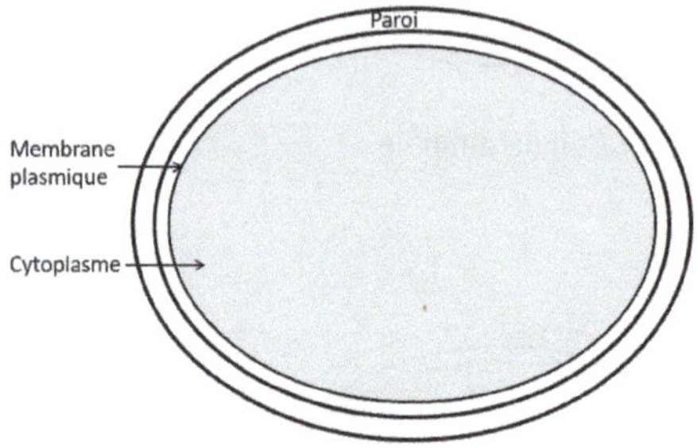

Figure 4 : Cellule bactérienne

Mise en évidence des échanges entre la cellule et son environnement

Pour satisfaire leurs besoins, Les cellules prélèvent des molécules organiques et/ ou des gaz, ou encore des éléments minéraux dans leur environnement. Elles y rejettent y rejettent des déchets comme des gaz et/ou autres productions moléculaires qui peuvent être accompagnées de flux d'énergie.

Pour mettre en évidence l'existence de ces échanges, il faut montrer que la disparition de certains composés est associée à la formation de certains autres :

- Étude des échanges de matières dans une suspension de levures

Des levures sont placées dans un bioréacteur. On mesure l'évolution de la concentration en dioxygène et en dioxyde de carbone à l'aide de sondes à l'intérieur du bioréacteur.

On ajoute dans le milieu contenant la suspension de levures une quantité importante de glucose.

On procède aux mesures pendant une dizaine de minutes.

Au cours du temps, la suspension s'appauvrit en dioxygène et s'enrichit en dioxyde de carbone. On peut aussi montrer que, tout au long de l'expérience, la concentration de glucose diminue dans la suspension.

Les mots à retenir

Métabolisme : Ensemble des réactions chimiques se déroulant à l'intérieur d'une cellule.

Photosynthèse : Production de matière organique et de dioxygène, en utilisant l'énergie lumineuse et le dioxyde de carbone.

Les levures prélèvent donc du dioxygène et du glucose dans leur environnement et y rejettent du dioxyde de carbone. Cependant, la concentration des gaz, absorbés ou rejetés, varie en fonction de la quantité de glucose disponible : les échanges entre les levures et leur environnement dépendent des conditions du milieu.

- Étude des échanges de matière entre l'élodée (plante chlorophyllienne aquatique) et son milieu de vie

Des feuilles d'élodées sont placées dans un bioréacteur rempli d'eau. On mesure l'évolution de la concentration en dioxygène et en dioxyde de carbone à l'aide de sondes dans l'eau. Le bioréacteur peut être exposé à une source de lumière ou non.

On constate qu'à la lumière, la concentration du milieu en CO_2 diminue alors que celle en O_2 augmente ; c'est l'inverse à l'obscurité. Les élodées effectuent donc des échanges de gaz avec le milieu.

Cependant, la nature des gaz, absorbés ou rejetés, varie en fonction de l'éclairement : les échanges des élodées avec leur environnement dépendent des conditions du milieu.

Dans tous les cas, les échanges entre la cellule et son environnement dépendent des conditions du milieu.

Le métabolisme cellulaire et son contrôle

De nombreuses transformations chimiques se déroulent à l'intérieur de la cellule : elles constituent le métabolisme cellulaire :

- **Exemple chez la levure**
  - En présence de dioxygène et de glucose : il y a production de CO_2. c'est la respiration cellulaire :

$$\text{GLUCOSE} + O_2 \rightarrow CO_2 + H_2O + \text{ÉNERGIE}$$

  - En absence de dioxygène et en présence de glucose : il y a production de CO_2 et d'éthanol. C'est la fermentation alcoolique (l'éthanol étant un alcool) :

$$\text{GLUCOSE} \rightarrow \text{ÉTHANOL} + CO_2 + \text{ÉNERGIE}$$

Cette réaction permet de produire de l'énergie utilisable par les cellules mais avec un rendement nettement plus faible que la respiration. En effet, le glucose n'est pas complètement dégradé en matière minérale et énergie, il reste de la matière organique sous forme d'éthanol.

Le métabolisme ainsi décrit chez la levure est l'hétérotrophie. L'hétérotrophie permet de fabriquer des molécules organiques à partir d'autres molécules organiques prélevées dans le milieu.

Elle est souvent associée à la respiration cellulaire (fig. 5) qui se déroule dans les mitochondries.

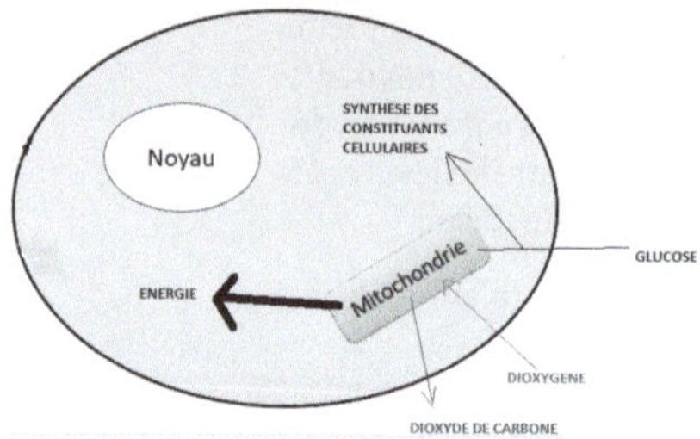

Figure 5: la respiration cellulaire

Le métabolisme de la levure est donc contrôlé par la présence ou l'absence du dioxygène.

Il peut aussi être contrôlé par l'information génétique.

Si on utilise deux souches de levures différentes génétiquement, on peut vérifier que leur métabolisme est contrôlé par leurs gènes :

Par exemple, une souche A différente d'une souche B chacune placée dans un tube à essai. On étale ces levures sur un milieu nutritif :

- soient elles consomment le milieu de culture sur lequel elles sont étalées et se multiplient ; on observe des colonies (+).
- soient elles ne le consomment pas et il n'y a pas de colonies (-).

On choisit 4 milieux : glucose, amidon, glycérol, saccharose.

Résultats de cultures cellulaires (levures)

MILIEU	Souche A	Souche B
GLUCOSE	+	+
AMIDON	+	+
GLYCEROL	–	–
SACCHAROSE	–	+

Analyse des résultats

Souche A : pousse sur le glucose et l'amidon

Souche B : pousse partout sauf sur le glycérol.

Donc les souches de levures ne peuvent pas oxyder les mêmes molécules pour réaliser la respiration.

Or la seule différence entre les souches de levures est le patrimoine génétique (elles ont des gènes différents).

Ainsi, le métabolisme est contrôlé par deux facteurs :

- les facteurs environnementaux (ici, présence ou non de dioxygène)
- le patrimoine génétique (les réactions réalisables par une cellule dépendent des gènes que celle-ci possède).

Exemple chez l'élodée

- en présence de lumière et de sels minéraux :

Il y a production de molécules organiques et de dioxygène.

- en absence de lumière : c'est une respiration cellulaire avec comme réactifs utilisés les molécules organiques fabriquées à l'aide de la lumière.

Le métabolisme ainsi décrit chez l'élodée est l'autotrophie. Elle rend possible la fabrication de molécules organiques à partir de substances minérales prélevées dans le milieu.

Elle est associée à la photosynthèse qui permet aux cellules chlorophylliennes de fabriquer des molécules organiques à partir de CO_2 et de molécules d'eau prélevées par le végétal dans le milieu et de produire du dioxygène. Cette réaction a besoin d'énergie et utilise celle de la lumière (soleil).

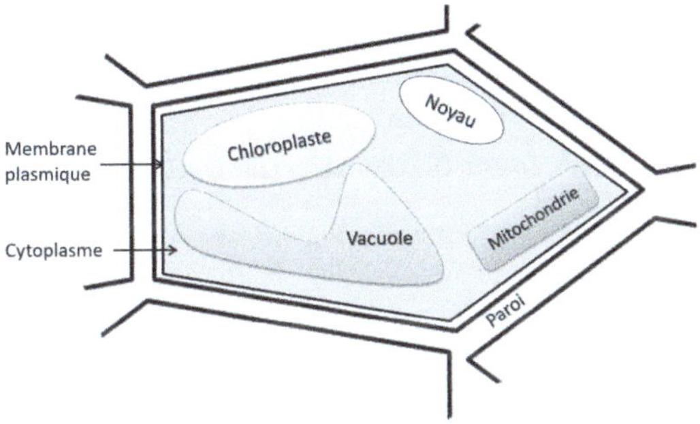

Figure 6 : le métabolisme d'une cellule végétale chlorophyllienne

Les molécules organiques sont ensuite dégradées dans les mitochondries par respiration cellulaire pour produire de l'énergie.

L'autotrophie utilise la respiration cellulaire comme l'hétérotrophie.

Ce métabolisme est lui aussi contrôlé par un facteur de l'environnement (ici, la présence ou non de lumière).

Je me teste !

1. Qu'elle est la différence entre une cellule procaryote et une cellule eucaryote ?

....

2. Comment mettre en évidence les échanges entre des cellules et leur environnement ? Quels sont ces échanges ?

....

3. Qu'appelle-t-on le métabolisme cellulaire ? Comment est-il contrôlé ?

....

Dernière minute

Tous les êtres vivants sont constitués de cellules.

Les cellules eucaryotes possèdent des organites comme le noyau contrairement aux procaryotes.

Les cellules végétales chlorophylliennes possèdent des chloroplastes et/ou des vacuoles à l'intérieur de leur cytoplasme, ainsi qu'une paroi qui entoure la membrane en plus des caractéristiques de la cellule animale.

Ces différences sont expliquées par le métabolisme particulier des végétaux. En effet, grâce aux chloroplastes et à la photosynthèse, les végétaux sont capables de produire leur propre matière organique avec de la matière minérale : on parle d'autotrophie.

Il utilise aussi le métabolisme de la respiration cellulaire, principal métabolisme des animaux, pour se procurer de l'énergie.

Tous les êtres vivants qui produisent leur matière organique avec de la matière organique d'autres êtres vivants sont des hétérotrophes (animaux, levures, champignons, certaines bactéries...).

Je lis, je surfe !

- Vidéo Youtube « SNat #1 : Les cellules » :
- Vidéo Youtube « Métabolisme des levures » de Nathalie Fabien
- *Promenades à l'intérieur de la cellule* Laurent Degos, Édition LE POMMIER, collection Quatre à Quatre

Construire un schéma à partir d'une observation microscopique

Le schéma d'un objet observé au microscope est une représentation simplifiée de son organisation. À la différence du dessin où tous les détails sont représentés, dans un schéma, on ne garde que les éléments essentiels à la compréhension. Il doit permettre de répondre à la question posée.

1. Je prépare mon matériel

- Feuille blanche,
- Crayon bien taillé,
- Gomme,
- Règle
- Couleur pour mettre en évidence certaines structures particulières (ex : noyau, chloroplaste, mitochondries, chromosomes...), ou encore pour varier les symboles (hachures, pointillés...).

2. Je construis le schéma

- Je repère les éléments essentiels à représenter en rapport avec le problème posé.
- Je choisis l'orientation de ma feuille en fonction de ces éléments (portrait, paysage).
- Je laisse de la place pour les légendes et le titre.
- Je fais des traits nets et j'utilise tout l'espace.
- Je respecte les proportions de l'objet en dessinant ses contours sans réaliser tous les détails ; je peux utiliser des formes géométriques pour le représenter simplement.

3. Je renseigne le schéma

- J'écris les légendes importantes sur le coté du schéma et je les relie à la règle aux éléments concernés dans le schéma (si possible traits de légende parallèles entre eux).
- Je donne un titre au schéma en précisant le mode d'observation et le grossissement.

Le conseil du prof

Un schéma doit toujours être assez grand et bien orienté par rapport à l'espace qui lui est donné. L'ensemble schéma-légendes-titre doit être propre et lisible.

Ça peut tomber !

- Représenter à l'aide d'un schéma une cellule animale et une cellule végétale chlorophyllienne afin de mettre en évidence leurs points communs et leurs différences.

Un exemple appliqué

Schéma d'une cellule animale observée au microscope optique

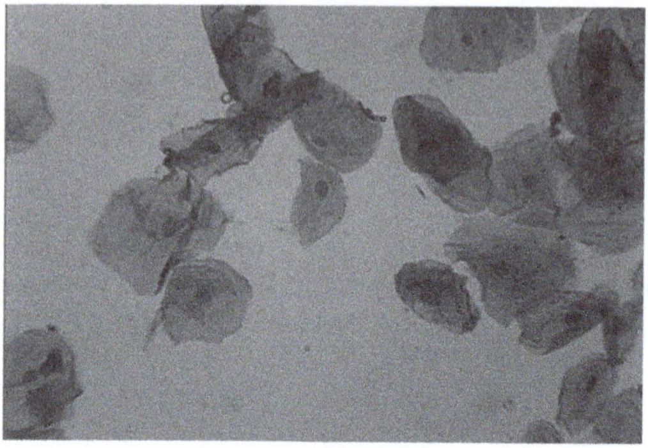

Cellule buccale humaine

Auteur Joseph Elsbernd

Première étape : je prépare mon matériel

Deuxième étape : je choisis l'objet à représenter, il doit être bien visible et doit montrer l'organisation d'une cellule animale.

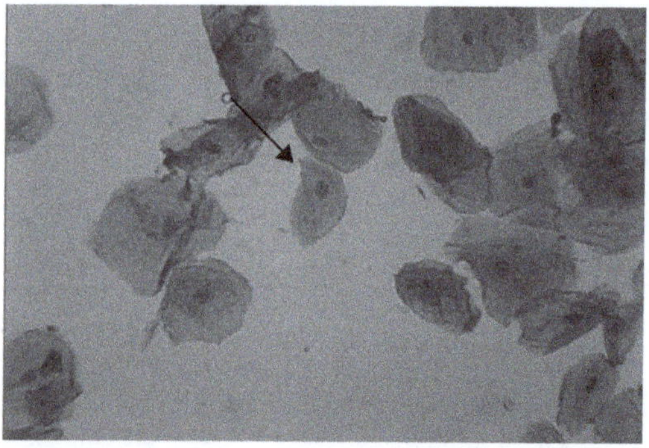

J'oriente ma feuille en format portrait, la cellule choisie étant plus haute que large.

Je me réfère à l'objectif du schéma : montrer l'organisation d'une cellule animale.

Je fais le contour des éléments essentiels à savoir la membrane plasmique, le noyau. Je pense à laisser de la place pour la légende. et le titre adaptée.

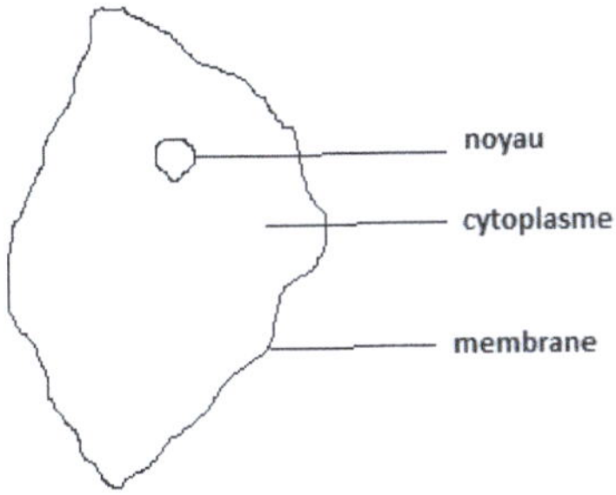

Schéma d'une cellule buccale humaine observée au microscope optique (X400)

Autres exemples en autonomie complète : Schéma d'une cellule végétale chlorophyllienne observée au microscope optique

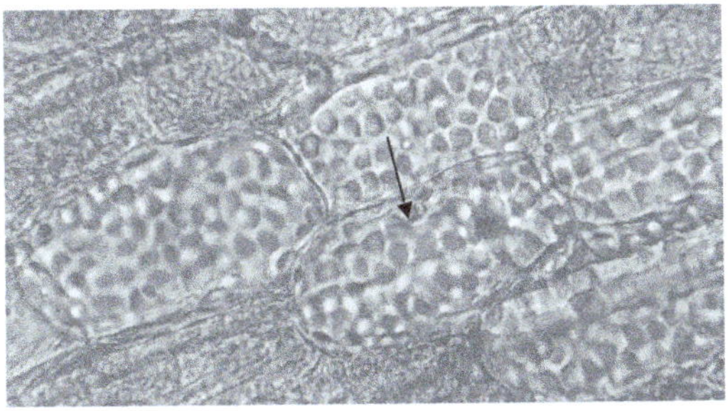

Cellule d'épiderme de bulbe d'oignon

Corrigé

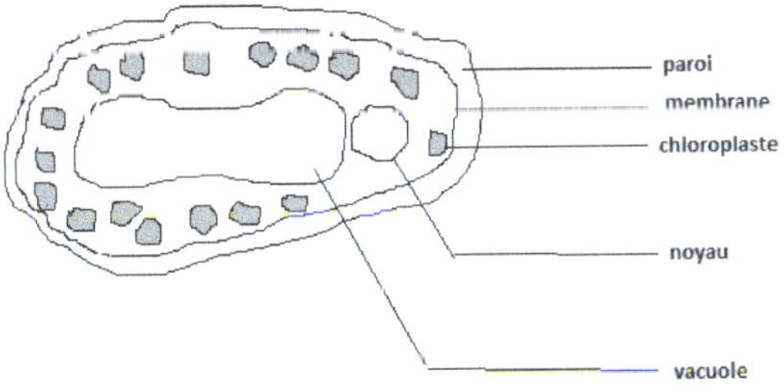

cellule d'épiderme de bulbe d'oignon observée au microscope optique (X400)

Exercice : L'euglène, une algue particulière

Nous étudions le métabolisme d'une algue verte unicellulaire : l'euglène. Nous disposons de 4 suspensions dans des conditions de culture différentes.

Celles-ci sont présentées dans le tableau ci-dessous avec les résultats.

Milieux de culture	Composition	Condition d'éclairement	Aspect en fin de culture	Évolution de la population d'euglènes
1	Eau et sels minéraux	Lumière	Euglènes vertes	Croissance. Multiplications
2	Eau et sels minéraux	Obscurité	Euglènes incolores	Diminution. Mort
3	Eau et sels minéraux + glucose	Lumière	Euglènes incolores	Croissance. Multiplications
4	Eau et sels minéraux + glucose	Obscurité	Euglènes incolores	Croissance. Multiplications

1. Quel est le métabolisme utilisé par les Euglènes en présence de minéraux et de lumière seuls ?
2. Quel est le métabolisme utilisé par les Euglènes en présence de glucose ?
3. Comment réagissent les Euglènes en fonction de leur milieu ?

Corrigé

1. Nous remarquons que la population d'euglènes augmente en présence de sels minéraux et de lumière mais elle diminue lorsqu'elle se trouve à l'obscurité. Ainsi, elles vont utiliser la photosynthèse pour se développer. Nous pouvons renforcer cette hypothèse par la présence de chlorophylle dans les euglènes devenues vertes.
2. Lorsqu'il y a du glucose dans le milieu de culture, les euglènes restent incolores et leur population augmente qu'elles se trouvent à la lumière ou à l'obscurité. Elles vont consommer le glucose par respiration et se développer.
3. Les besoins nutritifs de l'euglène sont donc variables selon l'environnement : deux sources d'énergie peuvent donc se substituer et permettre le développement de cette algue.

   Si aucune de ces deux sources n'est présente, l'algue meurt (milieu 3). L'euglène est un organisme particulier : autotrophe, elle photosynthétise comme tout végétal chlorophyllien mais est aussi capable, contrairement aux autres végétaux, de vivre en hétérotrophie en consommant des substances organiques comme le glucose. Elles s'adaptent donc aux conditions du milieu et peuvent ainsi survivre dans l'obscurité à condition de trouver du sucre dans l'environnement.

Ce que je dois mobiliser

Bien comprendre et être capable de reconnaître les différents métabolismes cellulaires.

Le conseil

Utiliser toutes les données du tableau !

Chapitre 4

L'ADN, support variable et universel de l'information génétique

Problématique

- Quel est le lien entre la molécule d'ADN et l'information génétique ?

« *Ce qui donne à un individu sa valeur génétique, ce n'est pas la qualité propre de ses gènes. C'est qu'il n'a pas la même collection de gènes que les autres.* »

François Gros et François Jacob

Points incontournables

- La molécule d'ADN est le support de l'information génétique chez tous les êtres vivants. Elle s'inscrit dans un langage universel.
- C'est une molécule informative organisée en double hélice, composée de nucléotides associés par paire (A-T et C-G) qui forment une séquence. Le message génétique est contenu dans cette séquence.
- Un gène est une portion d'ADN qui donne une information. C'est donc une succession de nucléotides qui forme une séquence. Cette information peut exister sous plusieurs formes appelées allèles : cela se traduit par un ou plusieurs changements de la séquence en nucléotides. Ces mutations modifient l'information génétique. La variation génétique repose ainsi sur la variabilité de la molécule d'ADN.
- Le rôle de l'ADN comme support de l'information génétique chez tous les êtes vivants et sa variabilité forment des indices supplémentaires en faveur de la parenté des êtres vivants.

L'ADN support de l'information génétique chez tous les êtres vivants

Mise en évidence par des expériences de transgénèse

La transgénèse est un transfert de gène d'une espèce à une autre. Si cette manipulation aboutit, on obtient l'apparition d'un caractère nouveau chez l'espèce qui a reçu le gène (porteur de ce caractère). On obtient alors un Organisme Génétiquement Modifié (OGM).

Exemple de l'insuline

L'insuline est une hormone de nature protéique importante dans l'équilibre de la glycémie chez l'Homme.

Les personnes qui n'en fabriquent pas ou plus assez sont atteintes de diabète.

Pour les soigner, on leur injecte de l'insuline humaine produite par des bactéries devenues OGM...

Plusieurs étapes se succèdent :

Première étape : il faut repérer le gène codant pour ce caractère dans le génome du donneur (ici l'humain).

Deuxième étape : Il faut insérer ce gène dans l'ADN de l'organisme receveur (ici, la bactérie Escherichia coli).

Troisième étape : cette nouvelle molécule d'ADN recombinée ou hybride est introduite dans la cellule de la bactérie E-coli.

Quatrième étape : Les bactéries ainsi modifiées sont cultivées dans des bioréacteurs pour se multiplier et produire de l'insuline en quantité industrielle.

Dernière étape : On récupère cette insuline humaine une fois purifiée pour soigner les diabétiques en leur injectant selon leurs besoins.

Les mots à retenir

ADN : Acide Désoxyribo-Nucléique. Il constitue la molécule support de l'information génétique.

Gène : portion d'ADN codant pour une information génétique et pour la synthèse d'une protéine.

Génome : ensemble du matériel génétique (ensemble des gènes) d'un organisme.

Allèles : différentes versions que peut avoir un gène.

Transgénèse : Technique qui consiste à transférer un gène (transgène) qui appartient à un organisme donneur dans le génome d'un organisme receveur, on obtient alors un organisme génétiquement modifié ou OGM.

Production d'insuline humaine par des bactéries

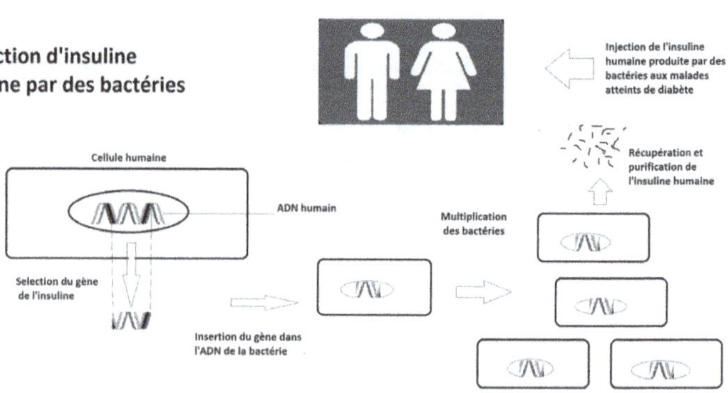

Ainsi, les expériences de transgénèse prouvent que la molécule d'ADN peut être « décodée » par tous les êtres vivants : elle correspond donc au support de l'information génétique qui est universel.

Comment est la structure de l'ADN pour lui permettre de contenir l'information génétique ? Quel est ce code ?

Structure de l'ADN et nature du message codé :

- Structure de l'ADN :

Chez tous les êtres vivants, chaque molécule d'ADN est formée de deux brins de nucléotides enroulés en hélice.

On parle donc d'une structure en double hélice (Watson et Crick 1953).

Chaque nucléotide est formé de trois éléments :

- phosphate (P)
- désoxyribose (R)
- base azotée parmi 4 possibles (Adénine, Thymine, Guanine et Cytosine) légendée par la lettre B

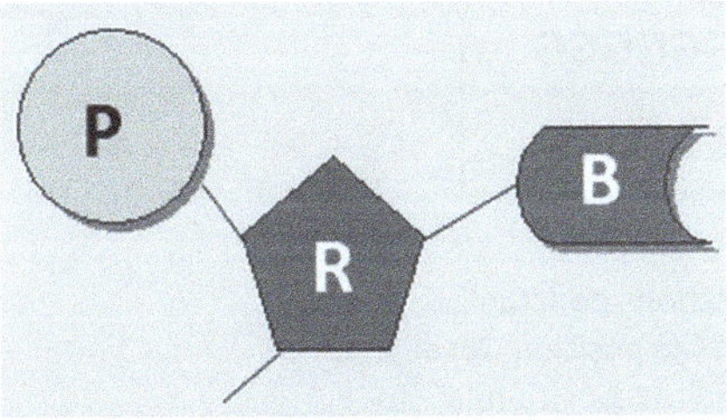

Chaque brin d'ADN est constitué par la succession de nucléotides mais les deux brins sont associés par l'intermédiaire des bases azotées, qui sont deux à deux complémentaires. Ainsi, l'Adénine (A) est toujours liée à la Thymine (T) et la Guanine (G) à la Cytosine (C) (Chargaff 1950).

Ainsi, lorsque la séquence de nucléotides de l'un des brins est connue, l'autre l'est aussi grâce à cette complémentarité.

- Organisation des nucléotides l'origine du code :

C'est l'ordre des bases (donc des nucléotides) dans chaque brin qui correspond au code universel de l'ADN. En effet, la succession des bases dans un ordre précis est lue comme une phrase écrite dans un alphabet à 4 lettres (A, T, C et G) et détermine l'information détenue dans cette séquence.

Variabilité de l'ADN et variation de l'information génétique

Un gène est une portion d'ADN qui correspond à une information génétique. Il contient, dans sa séquence, un nombre défini de nucléotides dans un ordre précis. Il peut exister en plusieurs versions appelées allèles.

Un allèle va être différent des autres parce qu'il aura une ou plusieurs variations dans la succession des bases qui forment sa séquence. On appelle ces variations des mutations.

Les mots à retenir

Mutation : modification aléatoire de la séquence d'ADN qui peut changer un ou plusieurs nucléotides mais aussi en ajouter ou en enlever : elles sont à l'origine des différentes versions du gène.

Exemple de variation génétique :

Les groupes sanguins

Trois allèles différents A, B et O.

Extrait de séquence de nucléotides pour A et B :

```
              ■        ●
A ........GATTTCTACTACCTGGGGGG .....
B .........- - - - -A - - - - - - -  C .................
```

L'allèle B diffère de l'allèle A par deux mutations ponctuelles ; le nucléotide A remplace le nucléotide C en 793e position (■) et le nucléotide C remplace le nucléotide G en 800e position (●) sur l'allèle B.

Ainsi, la variation génétique (groupe sanguin) repose sur la variabilité de la molécule d'ADN (mutations à l'origine de la diversité des séquences).

Je me teste !

1. Pourquoi dit-on que l'ADN est le support de l'information génétique ?

....

2. Quelle est la structure particulière de cette molécule ? Qu'est-ce qui lui permet de contenir une information ?

....

3. Sur quoi repose la variation génétique ? Quelles sont les conséquences de ces variations ?

....

Dernière minute

Les expériences de transgénèse montrent le caractère universel de l'ADN support de l'information génétique.

On définit un gène comme une portion d'ADN codant pour une information génétique correspondant à une caractéristique de l'organisme.

La molécule d'ADN est constituée d'une succession de nucléotides qui forment un code (4 nucléotides). Cette succession s'organise en deux chaînes complémentaires entourées en hélice. Chaque gène contient donc une information codée par la succession des nucléotides appelée séquence. La variabilité de la molécule d'ADN correspond à des modifications de la séquence des nucléotides. Ces modifications sont des mutations et vont créer différentes versions du gène appelés allèles.

Je lis, je surfe !

- Article « structure de l'ADN, molécule de la vie » sur le site de l'association française de cristallographie : https://www.afc.asso.fr/32-aicr2014/accueil-aicr2014/1091-structure-adn
  ↳ Une rétrospective sur la découverte de la structure de l'ADN bien utile, assez précise et abordable.
- site de Claire Lambert en SVT abrité par L'essalc.fr avec vidéo sur youtube « capsule vocabulaire génétique » pour réviser les notions de gène et d'allèles.
  ↳ Très bien expliqué et correctement illustré avec des exemples connus de tous.
- Livre *La génétique en images* de Steve Jones et Borin Van Loon collection Aperçu éditions EDP sciences.
  ↳ Original et illustré (format BD) très accessible et ludique pour aller plus loin.

Utiliser un logiciel de comparaison de séquences : Anagene

Présentation rapide du logiciel anagene 2

Anagene est un logiciel réalisé par le CNDP (centre national de documentation pédagogique) et l'INRP (institut national de recherche pédagogique).

Il permet l'exploitation de données moléculaires pour effectuer plusieurs analyses comme celles de comparer les séquences de deux allèles d'un même gène par exemple.

Il existe plusieurs tutoriels sur le Net :

Exemple intéressant pour la comparaison des séquences Méthode Anagène de SVT Guilleray sur Youtube

Une utilisation de ce logiciel : la comparaison de séquences du gène de l'hémoglobine

Les icônes de la barre d'outils

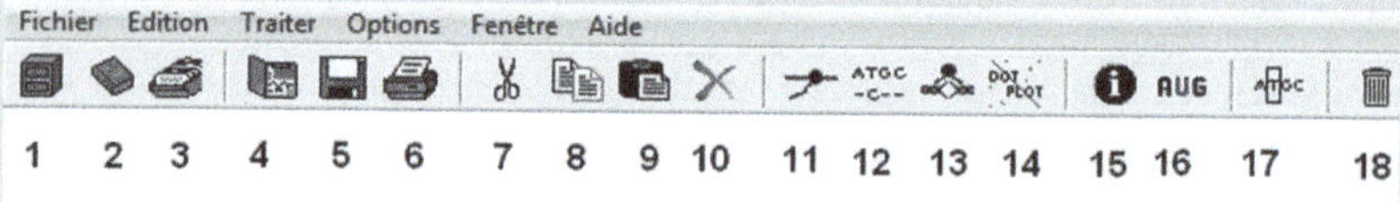

1. Banque de séquences
2. Thèmes d'étude
3. Programmes et documents
4. Voir le classeur
5. Enregistrer
6. Imprimer
7. Couper
8. Copier
9. Coller
10. Effacer
11. Convertir les séquences
12. Comparer les séquences
13. Action enzymatique
14. Graphique de ressemblance
15. Information sur ligne pointée
16. Code génétique
17. Grand curseur
18. Fermer toutes les fenêtres

a. Ouvrir banque de séquences

- Sélectionner Seconde
- Sélectionner Variabilité de l'information génétique
- Sélectionner Phénotype drépanocytaire chez l'homme (gène HBB)
- Ouvrir l'allèle A du gène de l'hémoglobine : **hbbnucleique.adn**

b. Ouvrir banque de séquences

- Sélectionner Seconde
- Sélectionner Variabilité de l'information génétique
- Sélectionner Phénotype drépanocytaire chez l'homme (gène HBB)
- Ouvrir l'allèle S du gène de l'hémoglobine : **hbSnucleique.adn**

c. Sélectionner les séquences

Observer le bouton de sélection qui affiche une flèche rouge. Cliquer dessus, lorsque le nom de la séquence s'affiche en blanc, c'est que celle-ci est sélectionnée.

d. Comparer les 2 séquences

- Traiter
- Comparer les séquences
- Comparaison simple

Attention !
La première séquence sert toujours de référence.

Dans les autres séquences :

- Les « – » indiquent des bases identiques.
- la présence de lettres indique les nucléotides différents de la première séquence (référence).

Résultats :

Comparaison simple de séquences

```
                                      20
                                      ▼
Hbbnucleique.adn  ATGGTGCACCTGACTCCTGAGGAGAAGTCTGC
HbSnucleique.adn  ------------T--------------------
```

Je vois que HbA a une Adénine en position 20 et que HbS a une Thymine en position 20 : il y a eu une mutation à l'origine de la drépanocytose.

Le conseil du prof

Se servir de toutes les fonctionnalités du logiciel pour comparer les séquences.

Être curieux et manipuler le logiciel pour comparer d'autres séquences

Ça peut tomber !

- comparaison de l'ADN de différente espèce pour montrer le caractère universel de la molécule.
- le gène ADE2 chez la levure (différence de couleur)
- le gène CDC2 chez la levure (différence de taille)
- La phénylcétonurie

Un exemple appliqué

Allèles A, B et O

1. Aide à la manipulation :
   - Ouvrir banque de séquences
   - sélectionner système ABO des groupes sanguins
   - Ouvrir l'allèle A du gène des groupes sanguins : **acod.adn**
   - Faire la même manipulation pour ouvrir les deux autres allèles : **bcod.adn** et **ocod.adn** (ouvrir les deux séquences dans l'ordre).
   - Comparer les 3 séquences :

     Sélectionner les séquences

     traiter

     comparer les séquences

     comparaison simple

2. Questions :
   - Comparer les séquences de l'allèle A et de l'allèle B
   - Comparer les séquences de l'allèle A et de l'allèle O

     Que remarquez-vous ?
   - Comparer les séquences en superposant le maximum de points communs :
     - traiter
     - alignement avec discontinuité

Que remarquez-vous ?

Attention !
Par rapport à comparaison simple, on observe sur la ligne supérieure cette légende******** qui symbolise les identités (nucléotides identiques).

Les espaces marquent les différences de nucléotides.

Et ce signe _ symbolise des manques (= absence).

3. Correction :

Comparaison simple

■ ●
A ........GATTTCTACTACCTGGGGGG ....
B ....- - - - -A - - - - - - - C ....

Je gagne des points !

Comparer les séquences jusqu'au bout et noter les différences en vous servant de la barre de défilement horizontale et de l'échelle graduée.

Argumenter à l'aide de ces différences avec précision (rang et modification pour chaque différence);

Le conseil

Bien maîtriser les caracteristiques de la terre qui permettent la vie.

Comme nous l'avons déjà remarqué dans la partie qui récapitule l'essentiel, l'allèle B diffère de l'allèle A par des mutations ponctuelles ; le nucléotide A remplace le nucléotide C en 793e position (■) et le nucléotide C remplace le nucléotide G en 800e position (●) sur l'allèle B.

×

A CTCGTGTGACCCCTTGGCTGGCTCCCATTGTCTGGG

o - - - - - - - AC - - - T - G-CTG - CTC- - AT- GTCTG - - A

La plupart des nucléotides à partir du nucléotide placé en position 258 (×) sont différents entre l'allèle A et l'allèle O.

Comparaison par alignement

****

****

A CTCGTGGTGACCCCTTGGCTGGCTCCCATTGTCTGG

B -

O - - - - - - - - _ -

L'allèle O possède un nucléotide en moins, il a perdu le nucléotide qui était placé en position 258 par rapport à celui placé en 258 de l'allèle A. Si on ne tient pas compte de ce décalage, on constate que les séquences des allèles A et O sont identiques après cette modification.

Ainsi, les différences entre les allèles A et B proviennent de mutations par substitution d'un nucléotide et les différences entre les allèles A et O proviennent d'une mutation appelée délétion : il s'agit d'une perte d'un nucléotide.

Histoire des sciences : Les travaux d'Erwin Chargaff (1950)

En 1935, l'autrichien Erwin Chargaff travaille comme **biochimiste** à l'université de Columbia à New York. Il s'intéresse à l'analyse de la constitution de l'ADN de divers organismes ainsi qu'à la proportion en bases azotées de chacun. En analysant la composition de l'ADN de plusieurs espèces, il découvre que la quantité de chaque base azotée varie entre ces dernières. Il découvre également dans l'ADN une quantité d'**adénine** (A) et de **thymine** (T) équivalentes, ainsi qu'une même quantité de **guanine** (G) et de **cytosine** (C). À la suite de ses observations, il énonce deux règles nommées règles de Chargaff :

1. La composition en bases azotées diffère d'une espèce à l'autre (il peut y avoir plus de A-T chez une espèce, et plus de C-G chez une autre).
2. Pour une espèce donnée, le nombre d'adénine est égal au nombre de thymine, et le nombre de cytosine correspond au nombre de guanine.

Questions

À l'aide de la deuxième règle de Chargaff, trouve la proportion pour chaque nucléotide dans l'ADN de l'échantillon . La proportion de nucléotides A dans l'échantillon est de 28 %.

Explique ton raisonnement et renseigne le tableau suivant :

La proportion des nucléotides dans l'ADN de l'échantillon

Nucléotides	Proportion
A	28 %
T	
C	
G	

Corrigé

Selon la règle de Chargaff, dans tout échantillon d'ADN, la quantité d'adénine (A) est toujours égale à la quantité de thymine (T). On peut donc en déduire que la proportion de nucléotides T dans l'ADN de cet échantillon est aussi de 28 %.

La somme des proportions des 4 nucléotides correspond à la totalité de l'ADN donc 100 %.

On connaît déjà la proportion de l'adénine et de la thymine

(28 + 28 = 56 %) donc la somme des proportions de la cytosine et de la guanine correspond à la différence (100 – 56 = 44 %)

La règle de Chargaff mentionne également que dans tout échantillon d'ADN, la quantité de cytosine (C) est toujours égale à la quantité de guanine (G). Donc, la quantité de nucléotides C et G dans l'échantillon doit être

44 % ÷ 2 = 22 % pour chaque nucléotide.

Nucléotides	Proportion
A	28 %
T	28 %
C	22 %
G	22 %

On peut vérifier en effectuant la somme :

28 + 28 + 22 + 22 = 100

Ce que je dois mobiliser

La structure de l'ADN et l'appariement des bases.

Le conseil

Élabore une stratégie mathématique souvent utilisée en génétique !

Chapitre 5

La biodiversité, résultat et étape de l'évolution

Problématique

- Comment définir le concept de biodiversité ?
- Comment étudier l'évolution de sa composition et de ses modifications au cours du temps ?

> *Les espèces qui survivent ne sont pas les espèces les plus fortes, ni les plus intelligentes, mais celles qui s'adaptent le mieux aux changements*
>
> Charles Darwin

Points incontournables

- La biodiversité est un concept fondé par l'Homme et peut donc se définir selon l'article 2 de la Convention sur la diversité biologique (signée par les Nations Unies à Rio de Janeiro en 1992) :
« La variabilité des êtres vivants de toute origine incluant entre autres, les écosystèmes terrestres et aquatiques et les complexes écologiques dont ils font partie : cela comprend la diversité au sein des espèces, ainsi que celle des écosystèmes. ».
Elle correspond à la diversité de la vie mais aussi à tout ce qui compose ou modifie le vivant.
Elle s'organise selon 3 niveaux : la diversité des écosystèmes, la diversité des espèces et la diversité génétique au sein des espèces.
- La biodiversité se modifie au cours du temps sous l'effet de nombreux facteurs, dont l'activité humaine.
- Au sein de la biodiversité, des parentés existent entre plusieurs espèces.
Ces espèces qui partagent une même organisation forment un groupe d'êtres vivants issu d'un même ancêtre commun.
- La dérive génétique et la sélection naturelle sont des mécanismes à l'origine de la diversité génétique d'une population. La sélection naturelle favorise une variation allélique par rapport à une autre en fonction des caractéristiques du milieu de vie. La sélection naturelle et la dérive génétique peuvent conduire à l'apparition de nouvelles espèces.

La biodiversité : naissance d'un concept

Le terme de biodiversité a été créé pendant le National Forum on BioDiversity en 1986 aux États-Unis. En 2010, année internationale de la Biodiversité, ce concept interdisciplinaire devient indispensable pour expliquer l'évolution de la Terre et des êtres vivants qui la peuplent et surtout l'évolution de l'Homme.

Si on étudie l'Étymologie de ce nom, on constate qu'il s'agit d'un néologisme créé à partir du grec bios, vie, et de diversité, venant du latin diversus, divers. La biodiversité désigne la diversité des êtres vivants qui peuplent et qui ont peuplé la Terre et les relations qui existent entre eux et avec leurs milieux.

Tout chiffre ne peut être qu'une estimation. Une nouvelle estimation réalisée en 2011 porte le nombre d'espèces vivantes sur Terre à 8, 7 millions pour les eucaryotes.

Seules 1,23 million d'entre elles ont été jusqu'à présent découvertes précisent les chercheurs du Census of Marine Life (« recensement de la vie marine »), auteurs de ces travaux parus dans la revue scientifique américaine PLoS Biology.

Une évaluation d'autant plus difficile que l'extinction peut toucher des espèces non encore découvertes. Les scientifiques découvrent chaque année 16 000 nouvelles espèces mais de 8000 à 12000 disparaissent...

Cette biodiversité est différente de celle du passé. En effet, la biodiversité spécifique s'est modifiée : des espèces ont disparu, d'autres sont apparues et d'autres encore ont évolué. Les espèces actuelles ne représentent que 1 % de la biodiversité ayant existé.

Pourtant, l'identification de nouvelles espèces et leur classification permettent d'améliorer la compréhension de l'évolution. Or le taux d'extinction est en constante augmentation en raison des activités humaines.

La survie face aux changements environnementaux dépend de cette biodiversité qu'il faut préserver au regard de l'interdépendance des espèces.

Les 3 niveaux

Pour pouvoir étudier la biodiversité, Il faut prendre conscience de son organisation.

Le concept « biodiversité » s'agence selon trois niveaux emboîtés : la biodiversité des écosystèmes, la biodiversité des espèces, la biodiversité génétique.

1. La biodiversité des écosystèmes

Un écosystème peut être une mare, une forêt, un champ cultivé, un océan, un désert, un grand lac, etc... Il est constitué par un ensemble d'êtres vivants (biocénose) en interaction avec les éléments non-vivants (eau, sol, soleil, température...) de ses nombreux habitats (biotope) et par toutes les relations qu'il peut y avoir entre eux.

Chaque organisme vivant peut agir sur l'autre par des relations de production, de consommation ou encore de décomposition... Ainsi, pour étudier un écosystème, on peut définir ses groupes fonctionnels : ce sont les ensembles d'espèces différentes qui exercent ces mêmes fonctions. L'équilibre d'un écosystème va être tributaire du nombre d'espèces qui constitue ses groupes.

Lorsqu'un milieu est modifié par les activités humaines (nouvelle culture, nouvelle espèce introduite, réchauffement climatique...), des espèces disparaissent dans un des groupes et apparaissent dans un autre. Ce déséquilibre est la première cause de l'érosion de la biodiversité.

« Les scientifiques ont mis en évidence certaines relations qui existent entre les écosystèmes et la biodiversité qu'ils renferment. Plus un écosystème recèle d'espèces, plus il serait productif en matière organique et en énergie. De plus, une grande biodiversité le rendrait plus stable et lui permettrait de se reconstituer plus rapidement en cas de perturbation (sécheresse, tempête, etc.). »

Donnée d'Edward O. Wilson dans Les Dossiers de La Recherche « Biodiversité, Les menaces sur le vivant », août-octobre 2007.

Cette découverte rend indispensable l'étude du deuxième niveau de la biodiversité : la biodiversité spécifique.

2. La biodiversité des espèces

Elle correspond au nombre d'espèces recensées dans un milieu donné et au nombre d'individus de chaque espèce.

À partir du nombre d'espèces dans un milieu, on peut établir une « richesse » de ce milieu. En effet chaque espèce peut être considérée comme jouant un rôle, et l'apparition ou la disparation de l'une d'entre elles a un impact sur le système dans son ensemble.

Ainsi l'étude de la biodiversité spécifique peut porter sur :

- le rythme d'extinction ou d'apparition des espèces ;
- la représentation des espèces en fonction de leur taxon (importance des insectes ou des bactéries dans un milieu par exemple).

À retenir

Biome : ensemble d'écosystèmes caractéristiques d'une aire biogéographique et défini à partir des êtres vivants qui y prédominent.

Biotope : Milieu biologique défini par des caractéristiques physiques et chimiques uniformes.

Biocénose : Ensemble des êtres vivants d'un biotope.

Espèce : De Ernst Mayr en 1942 : une espèce est une population ou un ensemble de populations dont les individus peuvent effectivement ou potentiellement se reproduire entre eux et engendrer une descendance viable et féconde, dans des conditions naturelles.

Attention ! le critère d'interfécondité ne peut pas toujours être vérifié et engendre actuellement de multiples débats au sein de la communauté scientifique.

Taxon : Le règne animal ou végétal est organisé en taxons qui s'organisent ainsi : règne ; embranchement ; classe ; ordre ; famille ; genre ; espèce.

Ce sont des unités systématiques reconnues par les codes internationaux dans une classification donnée qui regroupent tous les organismes vivants possédant en commun certains caractères bien définis par cette classification.

Innovation évolutive : C'est le passage d'un caractère à l'état ancestral à un caractère à l'état dérivé (qui est apparu ensuite), à cause de mutations génétiques qui entraînent une modification du caractère. Cette modification va se révéler avantageuse vis-à-vis de la sélection naturelle

3. La biodiversité génétique

Au sein de chaque espèce, la biodiversité génétique correspond à la variété des allèles. Cette diversité est mise en place par :

- les mutations qui introduisent de nouveaux allèles voir mêmes de nouveaux gènes.
- la reproduction sexuée qui permet un brassage des gènes entre les individus d'une même espèce pour obtenir des individus génétiquement différents.

Elle permet aux espèces de s'adapter à leur environnement en continuel changement : plus une espèce (ou une population) est riche en biodiversité génétique plus il y a de probabilités pour que certains individus de cette espèce arrivent à s'adapter aux changements (résister aux maladies, aux changements climatiques, à un nouveau prédateur, aux produits chimiques...). Malheureusement, si la diversité est faible, l'espèce s'uniformise incapable de s'adapter à des conditions de vie différentes puisqu'il y a peu de chance qu'un individu possède la ou les versions géniques pour s'adapter aux changements. C'est ce qui explique la fragilité de certaines races domestiques sélectionnées par l'Homme à outrance. En devenant race pure, la biodiversité génétique tend vers zéro et ces êtres vivants (végétaux ou animaux) sont très sensibles aux changements de leur environnement.

Ainsi, au sein d'une même espèce, la diversité génétique augmente avec la variabilité des conditions de vie, et inversement. Et dans un écosystème, la diversité génétique augmente avec la diversité des espèces, et là aussi le contraire est vrai.

Les modifications de la biodiversité au cours du temps

Auteur : William Frohawk

Au cours du temps géologique, des espèces ont disparu (le dodo p. 58) ; d'autres ont évolué (voir l'exemple du cheval ci-dessous) et d'autres encore sont apparues.

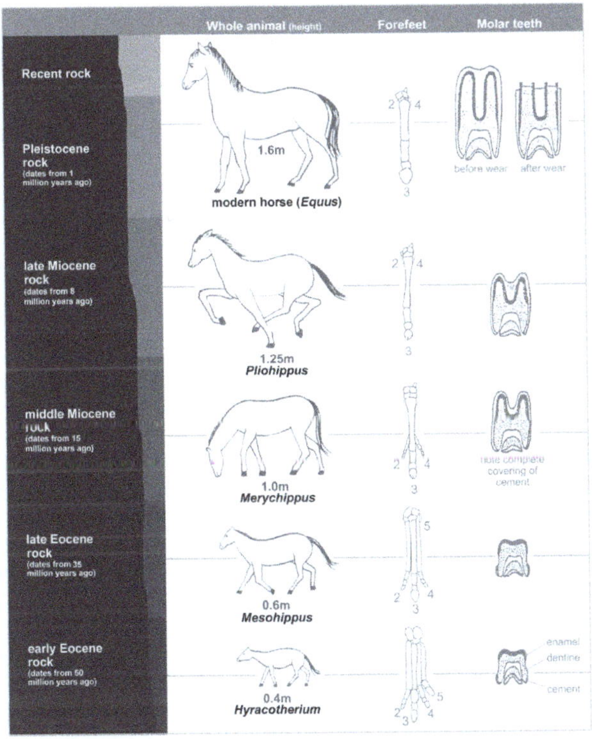

Auteur : Mcy Jerry at english wikipedia

Les espèces actuelles ne représentent qu'une infime partie des espèces ayant vécu sur Terre depuis l'apparition de la vie estimée à - 3.5 milliards d'années. Les modifications de la biodiversité du passé sont dues principalement à des modifications de l'environnement. De nombreux fossiles ont permis de mettre en évidence 5 grandes crises d'extinction massive (disparition d'un très grand nombre d'espèces et d'une grande partie de la biodiversité). Les paléontologues proposent plusieurs phénomènes différents à l'origine de ces extinctions comme la chute d'une météorite, la modification brutale du milieu, un cataclysme géologique, un épuisement des ressources, des maladies, des virus... Toutes ces causes ont modifié l'environnement existant et détruit une grande partie de la biodiversité.

L'Homme serait responsable d'une sixième crise. Nombre de ses activités modifieraient l'environnement en transformant le milieu par l'agriculture et l'urbanisation entre autres, en polluant la biosphère en épuisant les ressources, en modifiant les espèces elles-mêmes.

Toutes ses actions contribuent à modifier la biodiversité en profondeur et nous pouvons constater plusieurs conséquences directes :

- la réduction des écosystèmes comme certaines forêts tropicales, les récifs coralliens ou encore l'arctique.
- La réduction des espèces dans les écosystèmes comme dans les forêts tropicales ou dans les zones humides par exemple...

Une organisation commune des êtres vivants témoin de leur parenté : exemple chez les vertébrés

Tous les êtres vivants partagent des caractères communs :

- La cellule unité structurelle et fonctionnelle des êtres vivants
- L'ADN : support de l'information génétique. Sa structure, son code, son expression sont universels. Tous ces caractères partagés suggèrent l'existence d'un ancêtre commun à tous les êtres vivants (LUCA).

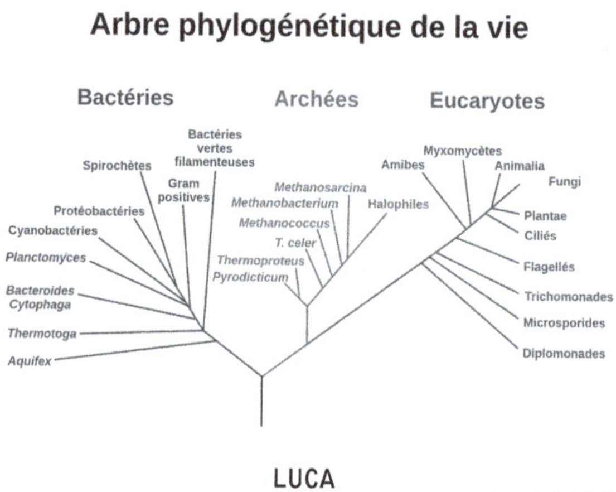

Auteur : Eric Gaba

Au sein de cet arbre du vivant, certaines espèces partagent plus de caractéristiques communes et sont plus proches comme chez les vertébrés. Quels sont les caractères partagés par les vertébrés ? Comment établir des relations de parenté au sein des vertébrés ?

L'ensemble des vertébrés présentent une organisation générale commune :

- Deux axes de polarité
  - l'axe antéro-postérieur
  - l'axe dorso-ventral

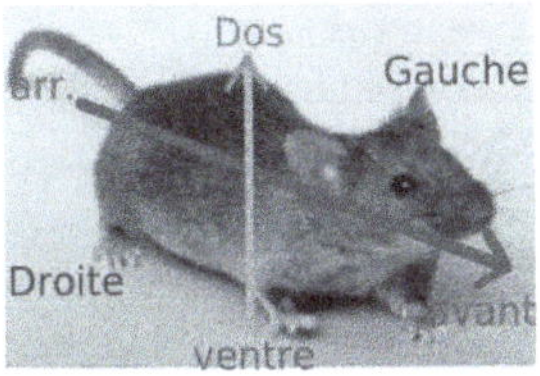

Auteur : Tooony

- Un plan de symétrie bilatéral (droite-gauche)

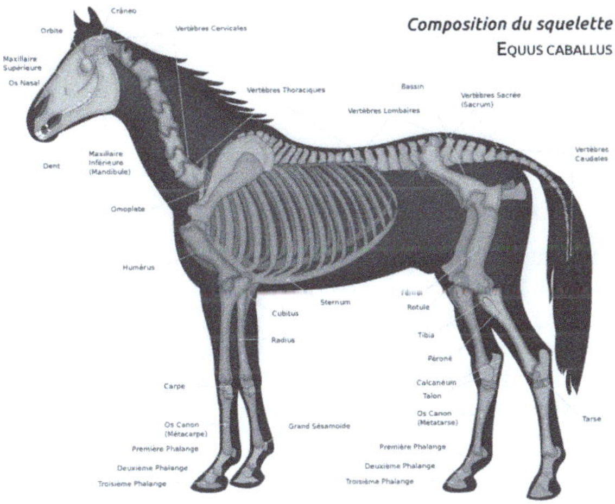

Auteur : Wikipedian Prolific

- Un squelette interne comprenant un crâne et une colonne vertébrale

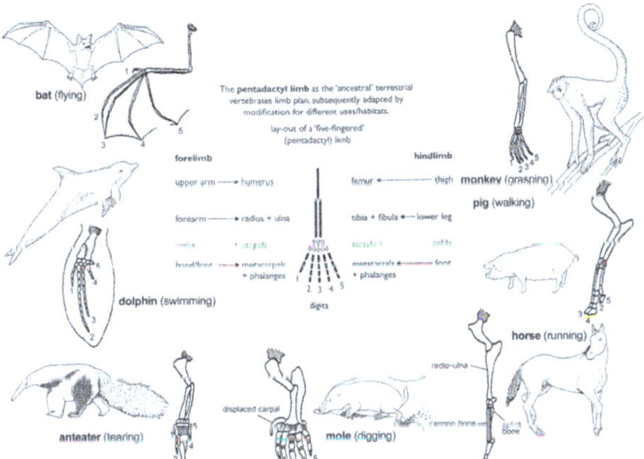

Auteur : Jerry Crimson Mann

La comparaison des membres antérieurs des vertébrés montre qu'ils présentent tous la même organisation. Le squelette des membres comporte toujours trois segments : bras, avant-bras et main. Cette organisation est conservée quelles que soient la forme et la fonction du membre. Ce caractère commun est un indice de la parenté. Il est hérité d'un ancêtre commun. Chez cet ancêtre, le caractère « organisation commune du membre antérieur » est apparu pour la première fois, il est qualifié d'innovation évolutive. Il a été transmis à toute sa descendance. Les espèces qui partagent les mêmes innovations évolutives forment un taxon de la classification du vivant.

Comment ces innovations apparaissent-elles ? Comment forment-elles de nouvelles espèces ?

Modification de la diversité des allèles

La diversité génétique pour une population donnée dépend du nombre d'allèles pour chaque gène et de la fréquence de ces allèles.

La dérive génétique est une modification aléatoire de la fréquence allélique ou d'un **génotype** au sein d'une population, indépendamment des **mutations**, de la **sélection naturelle** et des **migrations**. Elle peut conduire à la perte ou au maintien d'un phénotype. Elle peut être causée par exemple par le **hasard** des rencontres des **spermatozoïdes** et des **ovules**, dans le cas d'une **reproduction sexuée**.

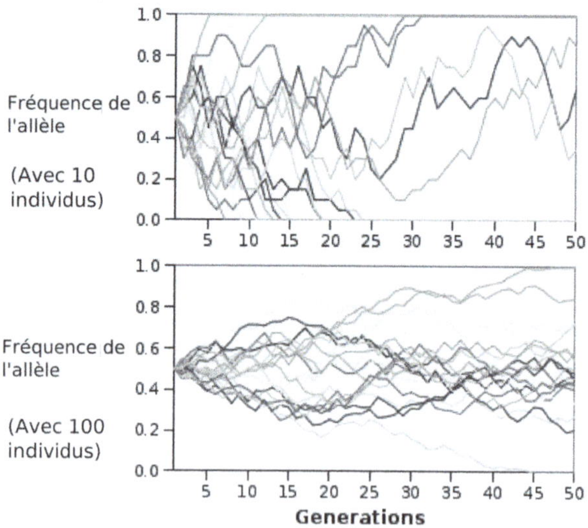

Auteur : Toony WIKIPEDIA « dérive génétique »

Dans les simulations numériques ci-dessus, avec une population de 10 individus, sur les 20 essais :

- 12 essais aboutissent à une disparition de l'allèle (la fréquence atteint 0) ;
- 5 essais mènent à une « fixation » de l'allèle qui remplace les autres allèles (la fréquence atteint la valeur maximum 1) ;
- dans les 3 autres essais tous les allèles sont conservés.

Dans la majorité des cas (17 sur 20 cas), la dérive génétique aboutit donc à une baisse de la **diversité génétique** ce qui n'est pas favorable à l'adaptation des espèces à un changement du milieu. un allèle favorable peut disparaître ou un allèle défavorable se fixer dans une population par dérive, ce qui est fréquent pour des populations aux tailles très réduites.

À retenir

Génotype : C'est la composition "..." de tous les gènes d'un individu.

Phénotype : C'est l'ensemble des caractères observables d'un individu.

Dans une population plus grande (100 individus), un allèle ne se fixe que dans 2 cas sur 20 seulement.

On peut en conclure que, plus une population est petite, et plus les effets de la dérive génétique sont importants, et plus la diversité génétique dans la population sera menacée.

La dérive génétique et la perte de diversité génétique sont des phénomènes naturels, mais ils peuvent être amplifiés par des pratiques artificielles, aboutissant à la réduction des effectifs. Si la population est trop petite, la probabilité qu'il existe un allèle adapté au nouveau facteur de l'environnement est faible. Le risque d'**extinction** de l'espèce sera important.

La sélection naturelle est une modification non aléatoire de la fréquence allélique ou d'un **génotype**, au sein d'une population. Comme avec la dérive génétique, la sélection naturelle peut conduire à la disparition d'un phénotype qui serait non avantageux pour l'espèce.

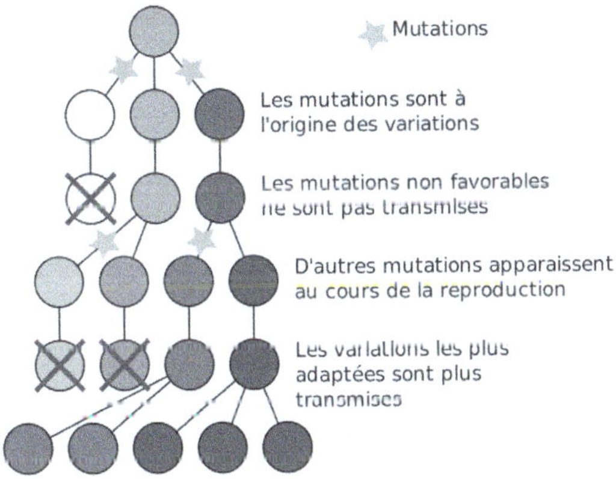

Auteur : Wiki

Certains allèles (crées au-dessus par une mutation) vont donner un avantage aux individus qui les portent. Ils vont donc se reproduire davantage que les autres dans un environnement précis.

Au fur et à mesure des générations la fréquence des allèles avantageux augmentent. Il y a une adaptation des gènes au milieu de vie par sélection naturelle. Ainsi, deux populations qui proviennent d'une même espèce vivant dans deux milieux de vie distincts vont s'éloigner génétiquement par sélection naturelle.

Vers l'apparition de nouvelles espèces

La dérive génétique et la sélection naturelle modifient les fréquences alléliques au cours du temps.

Lorsque les différences génétiques deviennent trop importantes entre deux populations d'individus de la même espèce d'origine, la reproduction entre les individus de deux populations différentes ne devient plus possible et deux espèces nouvelles apparaissent (ici, au bout des flèches).

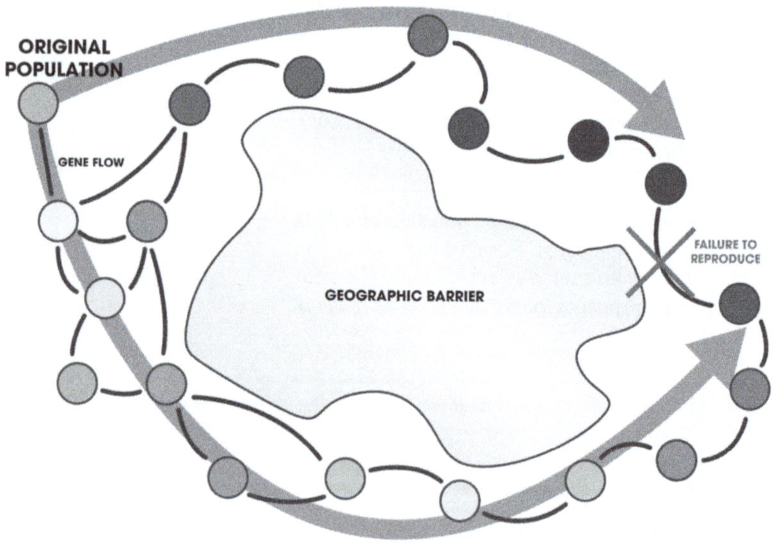

Auteur : Andrew Z. Colvin

Je me teste !

1. Comment définir la biodiversité ? Comment évolue-t-elle ?

....

....

....

2. Comment expliquer les liens de parenté entre les espèces ?

....

....

....

3. Comment se créent de nouvelles espèces ?

....

....

....

Dernière minute

La biodiversité est organisée en trois niveaux :
– la biodiversité des écosystèmes
– la biodiversité des espèces
– la biodiversité des gènes

La biodiversité actuelle ne représente qu'une infime partie de la biodiversité ayant vécu sur Terre depuis 3.5 milliards d'années.

Tous les êtres vivants partagent des caractères communs (cellule, ADN). Au sein de cet arbre du vivant, certaines espèces partagent plus de caractéristiques communes et sont plus proches comme chez les vertébrés. Ils possèdent une organisation commune que n'ont pas les autres espèces : on parle d'innovation évolutive. Ainsi, on attribue aux vertébrés un ancêtre commun qui leur est propre. Les espèces qui partagent les mêmes innovations évolutives forment un taxon de la classification du vivant.

Ces innovations évolutives permettent l'apparition de nouvelles espèces grâce à deux mécanismes d'évolution que sont la dérive génétique et la sélection naturelle.

Je lis, je surfe !

- Un site réalisé par les paléontologues : http ://geologie. mnhn.fr/biodiversite-crises/index.htm.
  ↪ Les crises biologiques du Museum National d'histoire Naturelle. C'est une publication scientifique très complète et précise sur les crises d'extinction adaptée au grand public
- Film documentaire « Espèces d'espèces » de Denis Van Waerebeke.
  ↪ Il présente la taxonomie, classement des formes du vivant, au grand public et montre le cheminement et les parentés entre l'***Homo sapiens*** et les autres espèces.
- Le site du ministère de la transition écologique et solidaire sur la biodiversité : https://www. ecologique-solidaire.gouv.fr/biodiversite-presentation-et-enjeux
  ↪ Ce site présente le concept de la biodiversité actuel et les enjeux économiques, sociaux et environnementaux futurs.

Construire un arbre phylogénétique

Les arbres phylogénétiques représentent les relations de parenté entre les groupes d'êtres vivants.

Pour réaliser cet arbre, on commence par observer chaque espèce ou groupe d'espèces à placer dans cet arbre et on détermine et répertorie tous les caractères ou attributs qu'elle possède.

Par exemple : présence d'un noyau dans leur(s) cellule(s), présence de vertèbres, de plumes, d'un squelette externe...

Pour bien visualiser les parentés, il faut renseigner un tableau à double entrée :

- les espèces ou groupes d'espèces d'un côté
- les caractères ou attributs de l'autre

Exemple : tableau à double entrée répertoriant les caractères cellulaires des procaryotes et des eucaryotes.

	PROCARYOTES	EUCARYOTES		
Organisme	**Bactérie**	**Cellule animale**	**Levure**	**Cellule végétale chlorophyllienne**
	O	O	O	O
Cytoplasme	O	O	O	O
Noyau	N	O	O	O
Organites	N	O	O	O
Mitochondrie	N	O	O	O
Vacuole	N	N	O	O
Paroi glucidique	N	N	N	O
Chloroplastes	N	N	N	O

À partir de ce tableau, on repère les **caractères communs** :

Les caractères les plus partagés vont être les caractères ancestraux (ici, la membrane et le cytoplasme).

Les caractères de moins en moins partagés sont des caractères qui apparaissent ensuite. On parle d'innovation évolutive.

Les espèces sont regroupées sur la base du partage de ces caractères. Les espèces les plus proches sont celles qui partagent le plus grand nombre de ces caractères.

Dans notre exemple, les caractères les plus partagés après la membrane et le cytoplasme sont :

Le noyau, les organites, les mitochondries.

Ils vont donc apparaître après le cytoplasme et la membrane mais, si on continue l'analyse du tableau, ils apparaîtront avant la paroi qui elle apparaîtra avant les vacuoles et les chloroplastes.

L'ancêtre commun est un être hypothétique qui possède la nouvelle innovation évolutive.

Comment procéder pour construire l'arbre ?

On place sur une droite oblique dirigée vers la droite toutes les innovations évolutives (appelées aussi caractères nouveaux).

On place tous les ancêtres communs en alternance avec les innovations qui vont représenter les nœuds des différentes branches de l'arbre.

À chaque ancêtre commun, on prolongera la branche vers la gauche pour placer les organismes qui possèdent le caractère de cet ancêtre (innovation évolutive placée juste avant l'ancêtre sur la droite directive) mais qui ne possède pas le nouveau caractère placé juste après l'ancêtre.

Pour notre exemple :

Sur la droite, en partant du bas vers le haut :

- caractères ancestraux : membrane, cytoplasme.
- Ancêtre commun partagé par la bactérie qui ne possède pas le prochain caractère.
- Innovations évolutives : noyau, organites, mitochondrie.
- Ancêtre commun partagé par la cellule animale qui ne possède pas le prochain caractère.
- Innovation évolutive : paroi
- Ancêtre commun partagé par la levure qui ne possède pas le prochain caractère.
- Innovations évolutives : Vacuole, chloroplaste.
- Cellule végétale chlorophyllienne

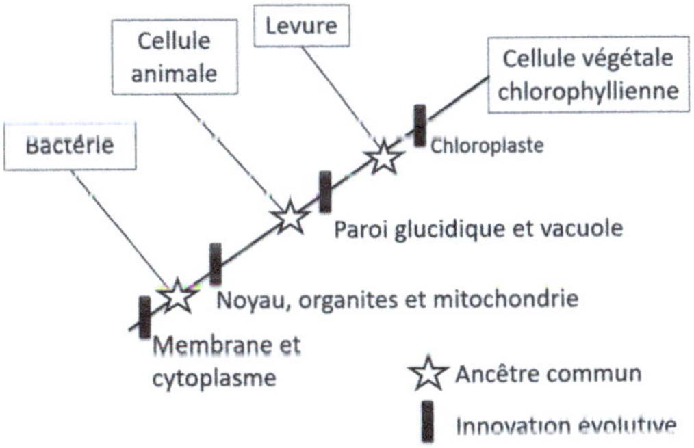

Le conseil du prof

Il faut considérer deux axes à notre arbre en construction :

L'axe vertical correspond à celui du temps.

L'axe horizontal correspond à la place des espèces actuelles au sommet de l'arbre (un fossile sera placé en dessous suivant son âge).

Plus une innovation est partagée plus elle apparaît tôt au cours de l'évolution donc elle sera localisée en « bas » de l'arbre.

Plus un grand nombre de caractères est partagé par différentes espèces, plus ces espèces sont apparentées.

Ça peut tomber !

- Lire un arbre et devoir nommer les caractères que possède une espèce.
- Lire un arbre et devoir nommer les caractères nouveaux ou les caractères ancestraux que deux espèces partagent.
- Exploiter un arbre pour donner les plus proches parents de telle ou telle espèce.
- Exploiter un arbre pour donner les caractéristiques du dernier ancêtre commun.
- Exploiter un arbre pour étudier les parentés.

Un exemple appliqué

L'évolution de l'Homme

	BABOUIN	BONOBO	HOMME	INDRI	OREILLARD	TARSIER
1	O	O	O	O	O	O
2	N	O	O	N	N	N
3	O	O	O	O	N	O
4	N	N	N	N	O	N
5	O	O	O	N	N	O
6	O	O	O	N	N	N
7	N	N	N	O	O	O
8	O	O	O	N	N	N
9	N	N	N	O	O	O

1 poils – 2 disparition de la queue – 3 ongles – 4 griffes –

5 disparition du rhinarium – 6 narines rapprochées –

7 narines écartées - 8 Orbites fermées -

9 orbites ouvertes

Consigne : À partir de ce tableau, construisez l'arbre phylogénétique.

Je gagne des points !

Tracer les branches de l'arbre à la règle. Localiser les ancêtres communs à chaque branche et légender par une couleur différente des innovations évolutives.

Nommer chaque innovation et la positionner sur l'arbre en utilisant une couleur différente des ancêtres.

Corrigé

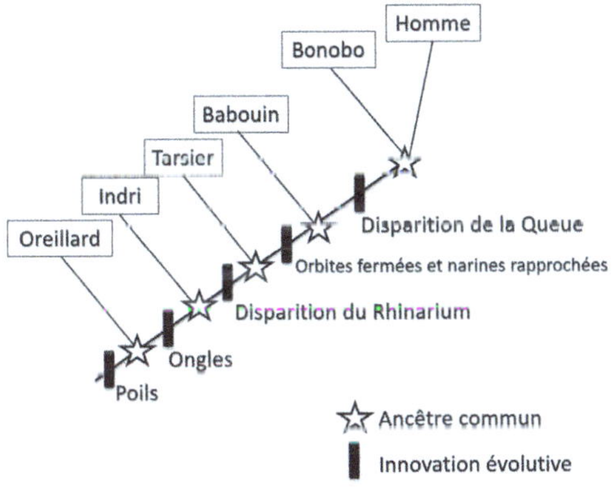

L'évolution de la phalène du bouleau

La phalène du bouleau Biston betularia (Lepidoptera, Geometridae)
sur une écorce de bouleau (Betula pendula)

Auteur : Gilles San Martin

La phalène du bouleau (Biston betularia) est un papillon de nuit très courant en Angleterre. Il se pose la plupart du temps sur les troncs de bouleau. Les troncs de ces arbres sont très clairs presque blanc à l'état naturel. Les prédateurs principaux des phalènes du bouleau sont les oiseaux.

Ce papillon existe sous deux formes :

Forme Typica (claire)

Auteur : Nan Jiang, Dayong Xue, Hongxiang Han

Forme carbonica (sombre)

Auteur : Nan Jiang, Dayong Xue, Hongxiang Han

Une étude réalisée en 1830 montre une population de papillons exclusivement clairs, il existe un très faible pourcentage de papillons sombres.

Une même étude est réalisée en 1850 : les papillons recensés sont majoritairement sombres.

- Quel est le gène concerné par cette évolution ?
- Quels sont les phénotypes ?
- Comment ont évolué ces phénotypes entre 1830 et 1850 ?
- Sachant que la pollution industrielle a pour effet de noircir les troncs d'arbre et qu'elle a énormément augmenté entre 1830 et 1850, peux-tu expliquer pourquoi ces phénotypes ont évolué ainsi ? (tu emploieras le terme de sélection naturelle) ?

Les mots à retenir

Phénotype : ensemble des caractères observables d'un individu . Il dépend de l'expression des allèles que possède cet individu.

Corrigé

- Le gène concerné est celui de la couleur du papillon
- Les phénotypes sont la forme claire et la forme sombre.
- Les phénotypes se sont inversés : la forme sombre est quasiment absente en 1830, alors qu'elle est majoritaire en 1850. C'est l'inverse pour la forme claire.

Lorsque les troncs du bouleau sont blancs, les papillons clairs ne se distinguent pas au niveau du tronc. Les oiseaux ne les voient pas. Le phénotype « clair » est donc un avantage et les papillons se reproduisent plus facilement. La population des papillons clairs augmente par rapport à ceux qui sont sombres et se distinguent sur les troncs blancs : c'est la sélection naturelle du phénotype clair. Ce phénotype est plus représenté : les individus clairs sont majoritaires.

Lorsque les troncs deviennent noirs avec la pollution industrielle, les papillons clairs sont repérés par les oiseaux et les papillons sombres se camouflent davantage : ils sont donc avantagés et se reproduisent plus facilement. Le phénotype majoritaire devient celui de la forme sombre par sélection naturelle.

Ce que je dois mobiliser

Sélection naturelle et évolution des populations.

Rappels de la classe de 3e sur la différence entre un génotype et un phénotype.

Le conseil

Bien comprendre le mécanisme de la sélection naturelle

Chapitre 6

Le soleil source d'énergie vitale

Problématique

- Comment l'énergie solaire est-elle convertie en matière vivante indispensable au fonctionnement de toute la biosphère ?

« *Nés des plantes, les animaux aussi vont s'adapter, évoluer, vivre leur vie... L'un d'eux finira par devenir roseau pensant !* »

Jean Marie Pelt *dans La plus belle histoire des plantes*

Points incontournables

- La lumière solaire permet, dans les parties chlorophylliennes des végétaux, la synthèse de matière organique à partir d'eau, de sels minéraux et de dioxyde de carbone.
- Les végétaux chlorophylliens sont des producteurs primaires de matière organique qui est ensuite transférée aux différents niveaux de consommateurs dans la biosphère.
- La photosynthèse permet l'entrée de matière et d'énergie dans la biosphère.

Les plantes chlorophylliennes réalisent la photosynthèse

Les cellules des plantes chlorophylliennes contiennent des chloroplastes, organites contenant de la chlorophylle dont la fonction est de convertir la lumière solaire en énergie chimique. Cette énergie permet alors la synthèse de matière organique avec la production de glucose. Ces réactions chimiques dont l'origine est la lumière constituent la photosynthèse.

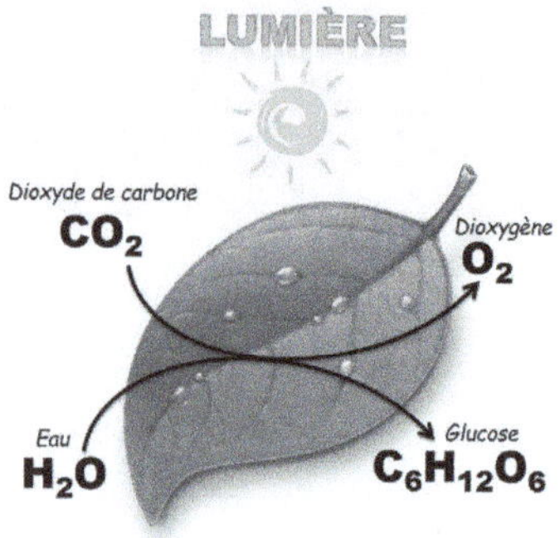

$$6CO_2 + 6H_2O \xrightarrow{\text{LUMIÈRE}} C_6H_{12}O_6 + 6O_2$$

Équation bilan de la photosynthèse

Les atomes de carbone et d'oxygène nécessaires à la synthèse d'une molécule carbonée comme le glucose proviennent du dioxyde de carbone atmosphérique, capté par les feuilles. L'eau est également indispensable à l'accomplissement de la photosynthèse. Elle est puisée dans le sol par les racines de la plante. Avec l'eau sont aussi prélevés des sels minéraux qui fournissent à la plante les atomes de soufre, d'azote et de phosphore nécessaires à la synthèse d'autres molécules organiques : lipides, protides et acides nucléiques.

Du dioxygène est également produit au cours de la photosynthèse. Cette molécule gazeuse est rejetée dans l'atmosphère par la feuille.

Les végétaux chlorophylliens sont à la base de tous les réseaux trophiques

Les végétaux chlorophylliens, en réalisant la photosynthèse, produisent de la matière organique à partir de matière minérale uniquement ($H_2O + CO_2$). N'ayant besoin d'aucun être vivant pour produire leur propre matière organique – ils sont autotrophes – ce sont les premiers maillons de toutes les chaînes trophiques. On parle de producteurs primaires.

Les mots à retenir

Plante chlorophyllienne : Plante verte, qui contient de la chlorophylle.

Matière organique : Molécules synthétisées par les êtres vivants.

Les confusions à ne plus faire...

Dioxyde de carbone : CO_2 et Dioxygène : O_2

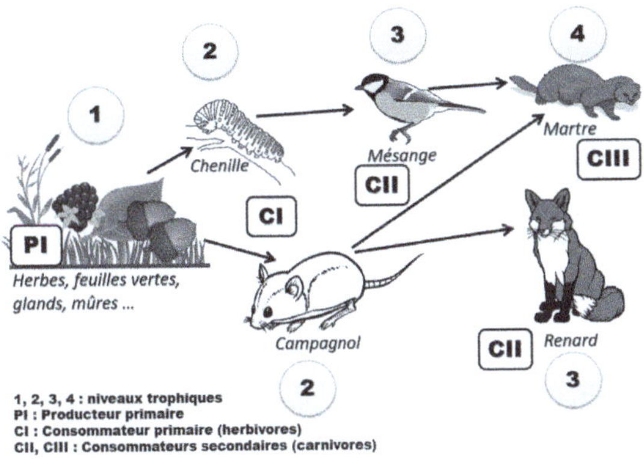

Réseau trophique simplifié de l'écosystème forêt

Les producteurs primaires sont absorbés par les consommateurs primaires (herbivores), eux-mêmes mangés par les consommateurs secondaires (carnivores) etc. Les consommateurs produisent leur propre matière organique à partir de celle qu'ils ont consommée.

Au sein du réseau trophique, les êtres vivants décomposeurs ont un rôle important : ils transforment la matière organique déposée sur le sol en matière minérale (sels minéraux et CO_2) à nouveau disponible pour les producteurs primaires.

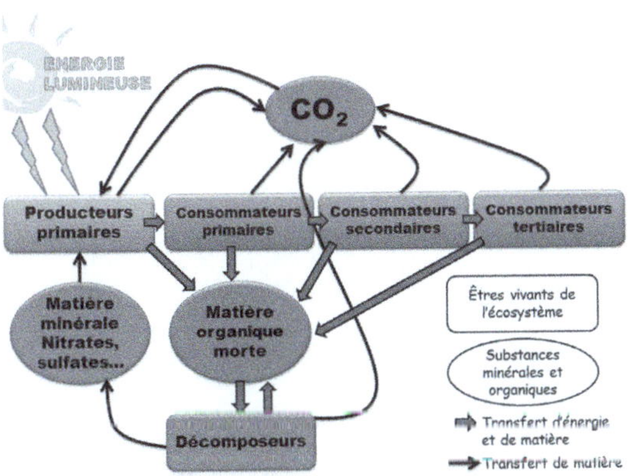

Schéma d'un réseau trophique incluant les décomposeurs et les transferts de matière et d'énergie dans un écosystème

La matière organique produite par chaque niveau trophique n'est cependant pas totalement transmise au suivant : d'un niveau à l'autre une grande partie de la biomasse produite est perdue, essentiellement par le biais de la respiration.

Les mots à retenir

Producteur primaire : Etre vivant autotrophe, c'est-à-dire capable de produire de la matière organique à partir de matière minérale. *Situé au début de toute chaîne trophique.*

Chaîne trophique : Chaîne alimentaire.

Plusieurs chaînes constituent un réseau trophique.

Niveau trophique : Rang occupé par un être vivant dans un réseau trophique (Producteur I / Consommateur I ou II).

Décomposeurs : Petits organismes vivants, comme les vers de terre, les bactéries ou les champignons. Ils se nourrissent de débris végétaux, de cadavres ou d'excréments d'animaux.

Les confusions à ne plus faire...

- Matière organique et Matière minérale
- Producteurs de matière organique et Consommateurs de matière organique

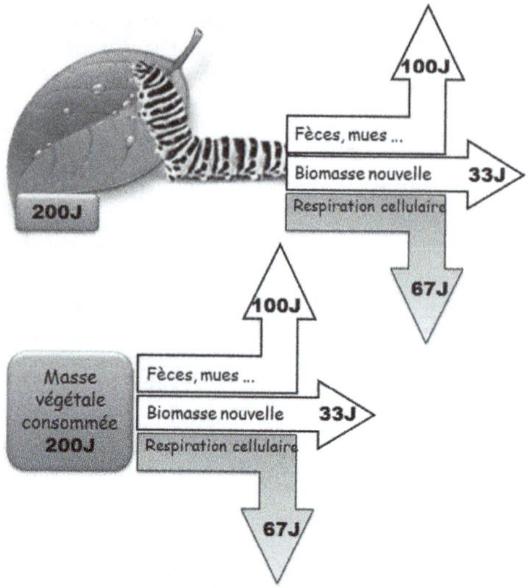

Répartition de l'énergie (en J)
au niveau d'une chaîne trophique

→ *67J (sur les 200J fournies par la plante au départ) sont perdues avec la respiration de la chenille. Seulement 33J (issues des 200J consommées) servent effectivement à la synthèse de matière animale (biomasse nouvelle).*

Les mots à retenir

Biomasse : Ensemble des matières organiques d'origine végétale ou animale pouvant devenir des sources d'énergie.

Biosphère : Ensemble des êtres vivants et leurs milieux de vie.

Ecosystème : Ensemble dynamique d'organismes vivants (plantes, animaux et micro-organismes) qui interagissent entre eux et avec le milieu (sol, climat, eau, lumière) dans lequel ils vivent.

Phytoplancton : Plancton végétal : ensemble des organismes végétaux vivant en suspension dans l'eau.

Les confusions à ne plus faire...

Biosphère et Biomasse

La production primaire varie selon les écosystèmes

La productivité primaire est la biomasse produite par les végétaux verts d'un écosystème, par unités de surface et de temps. Elle s'exprime en g de carbone/m² /an.

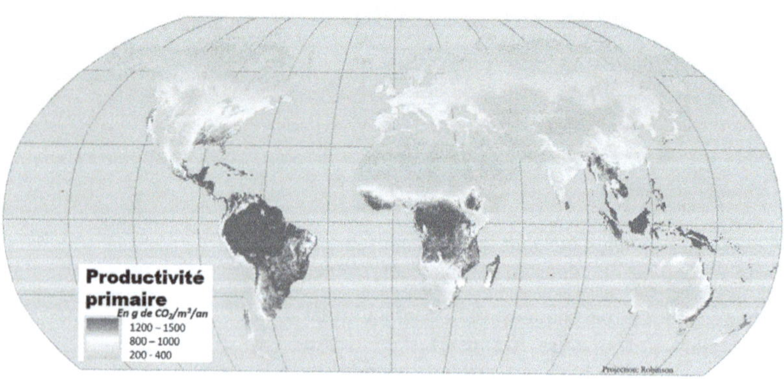

Productivité primaire dans le monde
En g de carbone /m²/an

D'après SEDACMaps

La productivité primaire, issue de la photosynthèse, dépend donc directement de l'ensoleillement.

Elle varie sur la planète selon les écosystèmes :

- dans les océans, elle est essentiellement due à la photosynthèse réalisée par le phytoplancton.
- sur les continents, ce sont les végétaux verts des forêts qui génèrent la plus forte productivité primaire.

Je me teste !

1. De quoi les végétaux verts ont-ils besoin pour réaliser la photosynthèse ?

....

2. Pourquoi les végétaux verts sont-ils appelés des producteurs primaires ?

....

3. Comment les végétaux verts permettent-ils l'entrée de matière minérale et d'énergie dans la biosphère ?

....

Dernière minute

La lumière solaire permet aux organismes chlorophylliens de produire de la matière organique, riche en énergie.

Cette matière organique est transmise en partie tout au long des chaînes trophiques.

A l'échelle de la planète, la photosynthèse permet l'entrée d'énergie et de matière dans la biosphère.

Je lis, je surfe !

- **Nasa Earth Observation** (NEO) : *logiciel en ligne* de la NASA, à l'adresse suivante : http ://neo. sci. gsfc.nasa.gov/
  - Il permet de consulter et d'analyser des images satellitales de notre planète, dans des domaines très divers, avec notamment la productivité primaire et l'ensoleillement.
- *Document vidéo* : **La photosynthèse** : http ://www.dailymotion.com/video/xxidng
  - Petite animation qui montre le bilan de la photosynthèse
- *Articles* sur le site Futura sciences : Présentation et explication de divers cas de photosynthèse très curieux.
  - Une salamandre qui vit en symbiose avec une algue photosynthétique : http://www.futura-sciences.com/planete/actualites/zoologie-salamandre-photosynthetique-jamais-vu-24633/
  - L'élysie émeraude : une limace marine qui fabrique sa propre nourriture grâce à la photosynthèse : http://www.futura-sciences.com/planete/actualites/mollusque-limace-mer-approprie-gene-algue-photosynthetique-57048/

La méthode

Savoir-faire un schéma fonctionnel

1. **Rassembler les idées :**
   - Faire la **liste** des **mots-clés**
   - Mettre les mots-clés en **relation** les uns avec les autres

2. **Construire le schéma :**
   - **Symboliser** les mots-clés en associant à chacun une forme simple et/ou une couleur
   - Utiliser des **flèches** pour indiquer les déplacements et les interactions
   - Ajuster la **taille** des différents éléments pour permettre une bonne lecture
   - **Organiser** la mise en page avec **soin**
   - **Légender** le travail
   - **Préciser** la signification du **codage** utilisé (=légende)
   - Choisir un **titre** qui traduit l'organisation, la structure représentée

Le conseil du prof

Conseil d'organisation :

Pour gagner en clarté et en lisibilité :

Faire un schéma assez grand (1/2 page au moins) et aéré.

– Choisir un symbole géométrique ou une forme très simplifiée pour représenter chaque élément.

– Ne pas hésiter à mettre des couleurs.

– Tracer les traits, flèches (...) à la règle

– Ne pas surcharger la production. Donc il faut pour cela **bien choisir** ce que l'on veut montrer.

Ça peut tomber !

- Grâce à l'étude du texte suivant, réaliser un schéma fonctionnel de la photosynthèse dans un chloroplaste. Titrer ce schéma.
- Réaliser un schéma fonctionnel montrant que la photosynthèse est un métabolisme permettant la production de matière organique grâce à l'énergie lumineuse chez les végétaux.

  Le schéma indiquera les molécules impliquées, ainsi que les éléments du végétal où a lieu ce métabolisme.

Un exemple appliqué

Exercice : Schéma fonctionnel de la photosynthèse

« Les végétaux chlorophylliens sont autotrophes. Les seuls éléments dont ils ont besoin sont le dioxyde de carbone de l'air, l'eau et les sels minéraux du sol. Ils utilisent la lumière comme source d'énergie pour synthétiser des glucides, des lipides et des protéines. Les chloroplastes des végétaux sont des organites riches en chlorophylle, ils captent l'énergie lumineuse. Puis ils la convertissent en énergie chimique en l'emmagasinant sous forme de molécules organiques fabriquées avec le CO_2, source de carbone. Pour produire des protéines et des lipides, ils doivent utiliser des sels minéraux du sol (N, P, K...). Ce processus s'appelle la photosynthèse, elle s'accompagne d'un rejet de dioxygène. »

À partir des informations contenues dans le texte, réaliser un schéma fonctionnel de la photosynthèse dans un chloroplaste. Donner un titre au schéma.

Corrigé

1. ***À partir du texte, je fais la liste des mots-clés**, éléments que je devrai figurer sur mon schéma :*

Chlorophylle / CO_2 / eau (H_2O) / sels minéraux (N, P, K) / O_2 / lumière / glucides / lipides / protéines / molécules organiques / chloroplaste / organite / photosynthèse

2. **Je mets ces mots en relation :**

- Lumière ⟶ photosynthèse, **dans** le chloroplaste
- Le chloroplaste ⟶ chlorophylle
- Chloroplaste = organite ⟵⟶ cellule *non citée dans le texte, mais implicite avec le terme organite*
- Photosynthèse = CO_2 + H_2O ⟶ molécules organiques + O_2
- Molécules organiques = glucides + lipides + protéines

3. Je construis mon schéma

- Je place d'abord le cadre structural : la cellule, avec le **chloroplaste** et sa chlorophylle

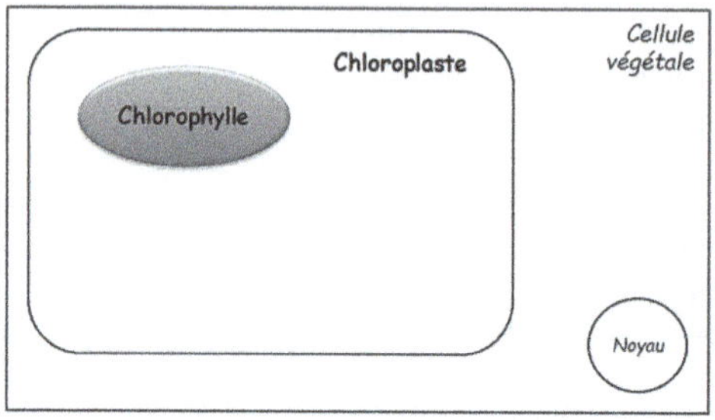

- Je place les éléments impliqués dans la photosynthèse, en les reliant par des flèches

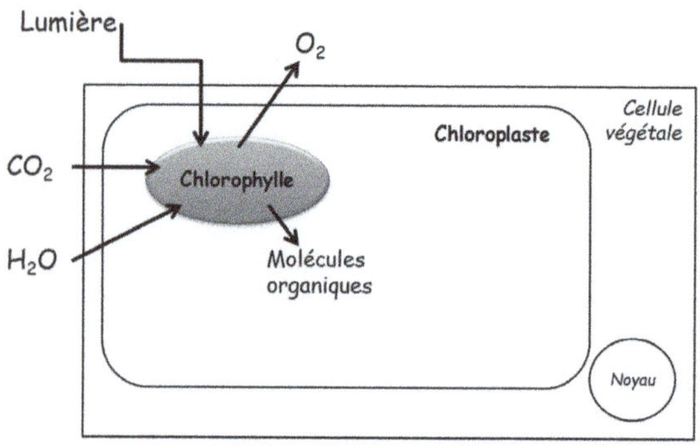

- Je termine en précisant certains éléments (minéraux, types de molécules organiques...), je titre et je rajoute des couleurs.

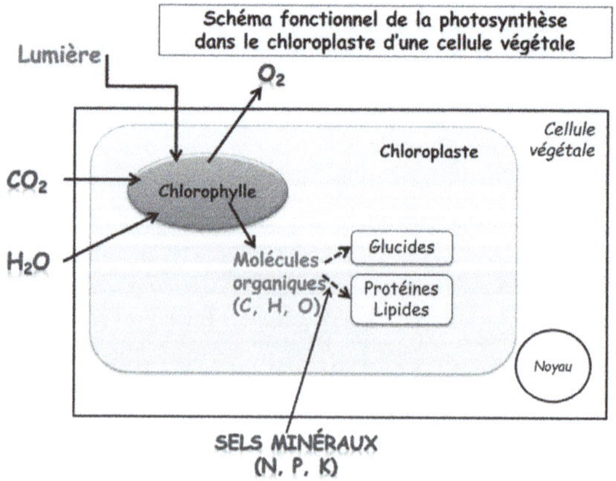

Exercice : Le mécanisme de la photosynthèse

En analysant dans un premier temps les trois documents de manière individuelle, déterminer l'équation équilibrée de la photosynthèse.

(*Remarque* : prendre comme formule chimique pour l'amidon celle de son monomère le glucose $C_6H_{12}O_6$).

Doc. 1

Protocole expérimental : 2 lots de lentilles déjà germés sont mis en culture sur du coton, l'un à côté de l'autre, à la lumière et près d'un radiateur allumé.

- Le lot A reçoit 2 mL d'eau de pluie par jour.
- Le lot B reçoit 20 mL d'eau de pluie par jour

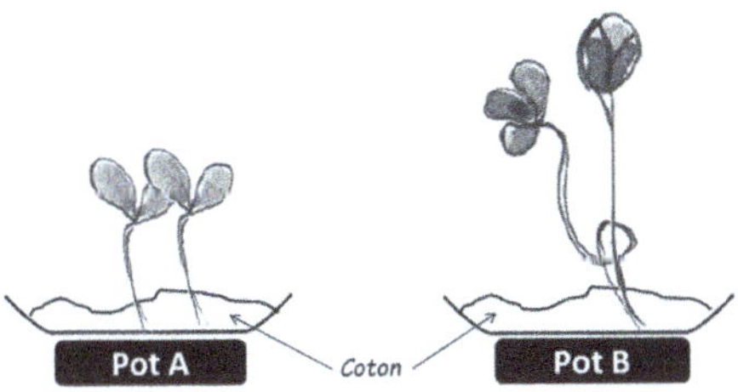

Résultats obtenus après 3 semaines

Doc. 2

Pour préciser l'utilisation de l'énergie lumineuse par les végétaux chlorophylliens, des élodées (plantes vertes) sont éclairées puis placées à l'obscurité. Dans le même temps, on mesure la quantité de CO_2 et d'O_2 dans l'environnement des plantes :

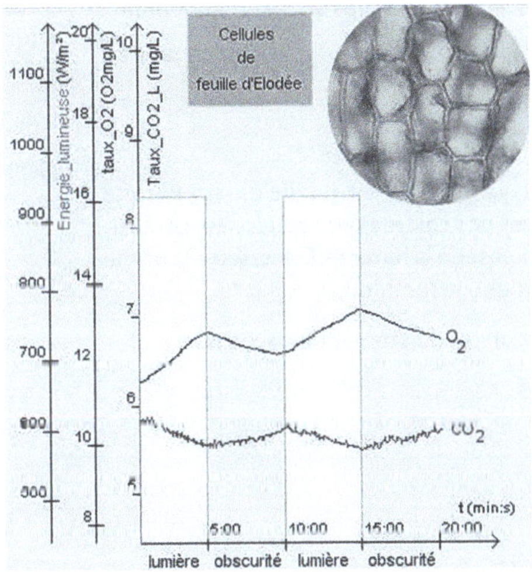

Doc. 3

Les feuilles d'une plante verte ont été exposées à la lumière pendant une durée de 72 heures dans les conditions précisées dans le tableau ci-dessous.

Elles ont été ensuite mise en présence d'eau iodée qui prend une couleur bleu nuit en présence d'amidon.

	Avec lumière	Avec lumière
Conditions de l'expérience		
Résultat du test à l'eau iodée Après décoloration de la feuille		

Corrigé

Analyse du document 1 : Les plantes du pot B, qui ont eu un apport de 20 mL d'eau par jour ont mieux poussé que les plantes du pot A qui ont eu un apport de 2 ml d'eau par jour.

Conclusion : L'eau est un réactif de la photosynthèse.

Analyse du document 2 : À la lumière, le CO_2 diminue dans l'atmosphère proche des plantes, en même temps que le O_2 augmente.

Conclusion : Le CO_2 est un réactif de la photosynthèse, et le O_2 en est un produit.

Analyse du document 3 : La partie de la feuille qui n'a pas été exposée à la lumière n'est pas colorée par l'eau iodée, contrairement à celle qui a été exposée à la lumière. Donc, seule la partie exposée à la lumière contient de l'amidon.

Conclusion : L'amidon est un produit de la photosynthèse.

Ce que je dois mobiliser

Bien faire la différence entre ce qui est nécessaire à une réaction, les éléments qui sont là au départ (les réactifs), et ceux qui sont produits par la réaction, qui apparaissent (les produits).

Le conseil

Pour chaque document, bien repérer les conditions de l'expérience, pour pouvoir déduire les éléments produits ou prélevés par la plante.

Bilan : l'équation équilibrée de la photosynthèse :

Bilan : l'équation équilibrée de la photosynthèse

ENERGIE LUMINEUSE

Eau + dioxyde de carbone ⟶ amidon + dioxygène

$$6H_2O + 6CO_2 \longrightarrow C_6H_{12}O_6 + 6O_2$$

ENERGIE LUMINEUSE

Chapitre 7

Le soleil : une source, des énergies

Problématique

L'Homme a besoin de matière et d'énergie. La croissance démographique place l'humanité face à un enjeu majeur : trouver et exploiter des ressources tout en gérant le patrimoine naturel. Comment l'Homme utilise-t-il directement et indirectement le Soleil ?

« *Le Soleil, avec toutes ces planètes qui gravitent sous sa gouverne, prend encore le temps de mûrir une grappe de raisins comme s'il n'y avait rien de plus important.* »

Galilée

« *Tout est poussières d'Étoiles !* »

Hubert Reeves

Points incontournables

- Les combustibles fossiles sont issus d'une biomasse. Dans des circonstances particulières, une faible proportion de la matière organique de cette biomasse échappe à l'action des décomposeurs puis se transforme en combustible fossile, au cours de son enfouissement. Brûler un combustible fossile c'est en réalité utiliser une énergie solaire du passé.
- La connaissance de ces mécanismes permet de découvrir les gisements et de les exploiter au détriment de l'environnement. L'utilisation de combustible fossile restitue à l'atmosphère une grande quantité de dioxyde de carbone jusqu'ici piégée.
- L'énergie solaire est inégalement reçue à la surface de la planète. La photosynthèse en utilise moins de 1 %. Le reste chauffe l'air et l'eau et évapore l'eau.
- Utiliser l'énergie des vents, des courants marins, des barrages hydroélectriques, revient à utiliser indirectement de l'énergie solaire qualifiée ici de renouvelable.

Utiliser une énergie solaire du passé

Rappel chapitre 6 :

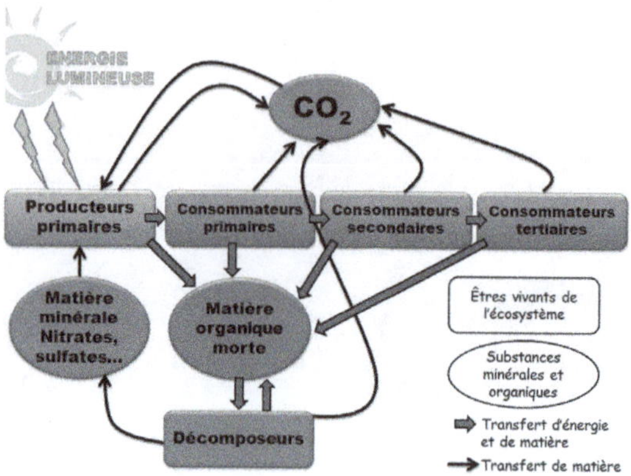

Schéma d'un réseau trophique incluant les décomposeurs et les transferts de matière et d'énergie dans un écosystème

Les êtres vivants produisent leur propre matière organique : les végétaux verts (producteurs primaires) prélèvent de l'eau, des sels minéraux et du dioxyde de carbone pour la produire à condition qu'ils reçoivent de l'énergie du soleil (photon ®photosynthèse). Les animaux consomment de la matière organique qui provient d'autres êtres vivants (consommateurs) et le sol contient des êtres vivants (décomposeurs) qui transforment cette matière organique morte en matière minérale (le carbone présent dans la matière organique se retrouve alors dans des molécules de CO_2).

Or, une faible proportion de la matière organique échappe à l'action des décomposeurs puis se transforme en combustible fossile. La matière organique n'est pas entièrement dégradée.

Comment cette matière organique devient-elle un combustible fossile ?

1. Des conditions particulières à la formation des combustibles fossiles

Les molécules organiques sont oxydées totalement lorsque l'écosystème est en équilibre (voir ci-dessus). Pour qu'un combustible fossile se forme, il faut que ces molécules organiques issues du vivant ne se dégradent pas totalement.

Ce processus se produit dans certaines conditions :

- **climatiques** : il faut une forte productivité biologique (grande quantité d'êtres vivants qui foisonnent). Le phénomène concerne des environnements particuliers, tels que les endroits confinés (lagunes, deltas...), surtout en milieu

Les mots à retenir

Biomasse : La biomasse est de la matière organique utilisable comme source d'énergie (bois, végétaux, déchets agricoles, ordures ménagères organiques, excréments, fermentation).

Combustible : Qui a la capacité de brûler en présence d'un autre réactif appelé comburant (exemple de comburant : le dioxygène)

Albédo : Fraction de l'énergie solaire réfléchie vers l'espace en fonction de la couleur et de la matière de la surface qui reçoit les rayons et les renvoie.

Cellule de convection : En météorologie, c'est une région de l'atmosphère dans laquelle l'air est animé de mouvements verticaux, se traduisant par la persistance de courants ascendants et de courants descendants qui s'entretiennent mutuellement grâce à des échanges d'énergie. **D'après Météo France**

Vent : Mouvement d'air au sein de l'atmosphère.

Force de Coriolis : force qui dévie la trajectoire d'un objet en mouvement à la surface d'un objet en rotation comme la Terre autour de l'axe des pôles.

tropical et lors de périodes de réchauffement climatique intense (comme le jurassique par exemple), où le volume de débris organiques excède la capacité de « recyclage » de l'écosystème local. C'est durant ces périodes que ces sédiments riches en matières organiques s'accumulent.

- **géologiques** : pour éviter sa dégradation, la matière organique doit être rapidement enfouie et privée d'oxygène. Elle doit donc être recouverte par une couche qui ne laisse rien passer donc imperméable comme de l'argile par exemple.

2. Formation d'un gisement

- L'origine des combustibles :

Lorsqu'on étudie la structure moléculaire des hydrocarbures comme les porphyrines (très courante dans les pétroles), on constate qu'elles proviennent de la transformation de la chlorophylle.

On observe régulièrement dans les charbons des restes de végétaux fossilisés : feuilles, tige, fougère...

La connaissance de constitution de divers combustibles et des mécanismes de maturation des matières organiques ont permis aux géologues de définir la capacité à devenir du pétrole pour plusieurs matières organiques d'origine biologique.

Matière organique d'origine biologique	Capacité à devenir du pétrole
Plancton lacustre	Bonne à excellente
Plancton marin	
Végétaux supérieur continental	Médiocre

D'après SVT seconde Nathan 2010

- Le processus de formation :
  - **Le pétrole et le gaz**

Des boues constituées de planctons (organismes qui ont sédimenté à leur mort) et de sédiments s'accumulent. Des bactéries utilisent cette matière organique comme énergie et la transforment en matière minérale comme le CO_2 (respiration) mais lorsque le milieu ne contient pas de dioxygène, cette matière organique se transforme en d'autres molécules et certaines bactéries peuvent aussi transformer le CO_2 en Méthane CH_4 (gaz naturel).

La transformation continue avec l'enfouissement sous d'autres sédiments à cause de l'augmentation de la pression et de la température jusqu'à 1 500 mètres de profondeur de sédiments → Kérogène et bitume. De 1 500 à 3 000 mètres, la transformation aboutit à des molécules carbonées : les hydrocarbures. Du gaz peut encore se former.

Selon leur composition et les conditions d'enfouissement, si la pression devient suffisante, les **hydrocarbures** expulsés, plus légers que l'eau, peuvent s'échapper jusqu'à la surface de la Terre sauf s'ils se retrouvent dans une zone perméable (généralement du **sable**, un grès, un calcaire, une dolomie) qu'on appelle la « roche-réservoir » : roche poreuse (donc avec des espaces pour servir de réservoir), et ne peut s'échapper à cause d'une couche imperméable (composée d'**argile**, de **schiste** et de **gypse**), la « roche piège » qui sert de « toit » au gisement.

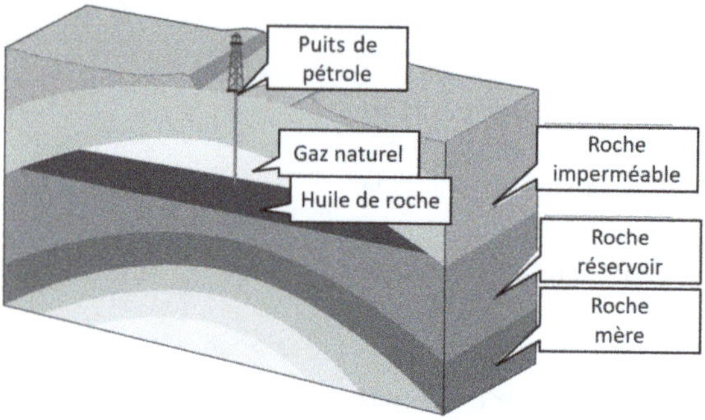

Un gisement de pétrole

Auteur : Magenta Green

- **Le charbon**

Contrairement au pétrole ou au gaz, il s'agit de la forme solide des combustibles fossiles : cela comprend des roches comme la tourbe, la houille ou encore l'anthracite. Elles sont très riches en carbone.

Une très grande quantité de débris végétaux doit s'accumuler dans une couche d'eau peu profonde et faible ; comme pour le pétrole, une partie de la **matière organique** échappe à l'action des décomposeurs.

Au cours de plusieurs **millions d'années**, l'accumulation et la **sédimentation** de ces débris végétaux fait se modifier les conditions de température, de pression et d'oxydoréduction de façon continue. Ils se transforment alors en charbon de plus en plus riche en carbone.

Les gisements de « charbon » se caractérisent par une superposition de couches répétitives :

Le « charbon » se retrouve dans une couche emprisonnée par une roche sédimentaire en dessous et par un toit de roche au dessus (veine). Cette superposition est due à une succession d'immersion et d'émersion en bordure de lac ou de mer d'une zone à forte productivité biologique sous un climat chaud.

Cette situation va permettre la mise en place des conditions anoxiques nécessaires à l'action des bactéries pour transformer les débris végétaux en « charbon ». Plus la température augmente (en fonction de l'enfouissement), plus le « charbon » est riche en carbone.

Le niveau d'eau baisse et un nouveau cycle recommence :

- forte productivité biologique sous climat chaud
- immersion
- action des bactéries en milieu anoxique
- enfouissement
- transformation en « charbon »

3. Découvrir des gisements et les exploiter

- **Besoin**

Avec 31,7 % de l'**énergie primaire** consommée en 2015, le pétrole est la source d'énergie la plus utilisée dans le monde devant le **charbon** (28,1 %) et le **gaz naturel** (21,6 %). En 2016, selon **BP**, les réserves mondiales prouvées de pétrole atteignaient 240,7 Gt (milliards de tonnes). Elles représentaient 50,6 années de production au rythme de 2016. Les réserves mondiales de charbon sont estimées à 1 139,3 Gt (milliards de tonnes) fin 2016. Elles représentent 153 années de production au rythme de 2016. Ces besoins énergétiques croissants obligent à la découverte de nouveaux gisements.

- **Recherche de nouveaux gisements**

Les géologues utilisent le plus souvent les résultats donnés par la propagation d'ondes sismiques en profondeur pour analyser d'éventuelles structures susceptibles de contenir du pétrole. La profondeur et les conditions géologiques inconnues des éventuels gisements à découvrir augmentent les contraintes (pour aller chercher du pétrole dans les grands fonds par exemple). Cela fait appel à des technologies coûteuses qui font augmenter le prix du baril.

- **Impacts**

De grandes quantités de carbone sont piégées par les combustibles fossiles et le fait d'utiliser ces combustibles libère dans l'atmosphère une grande quantité de CO_2 qui ne cesse d'accroître. Cette augmentation de CO_2 atmosphérique est à l'origine d'un impact climatique. Cette libération massive et rapide du CO_2 dans l'atmosphère perturbe le cycle du carbone : l'impact vient de la différence de durée entre les phénomènes : les gisements des combustibles fossiles qui correspondent au stockage d'une grande quantité de carbone prennent plusieurs millions d'années à se former alors que leur utilisation par l'Homme libère une grande quantité de CO_2 dans l'atmosphère en très peu de temps (de l'ordre d'une dizaine d'années).

Cycle du carbone

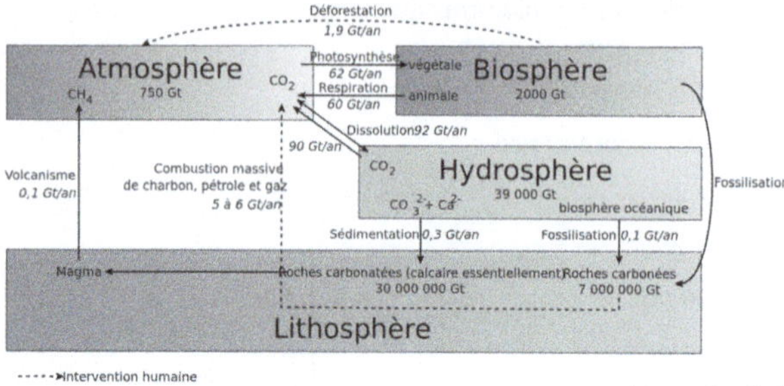

Auteur : Bendeck

Utiliser de l'énergie solaire renouvelable

L'inégale répartition de l'énergie solaire sur Terre

La terre reçoit environ 235 Watts par mètre carré d'énergie solaire. Une faible quantité est utilisée par les végétaux (moins de 1 %) et le reste de l'énergie est réfléchie par l'albédo ou absorbée par la surface de la Terre.

Cette énergie est inégalement reçue à la surface et dépend de la latitude : plus d'énergie à l'équateur qu'aux pôles. Cette différence est due à la sphéricité de la Terre qui détermine la surface chauffée par le soleil.

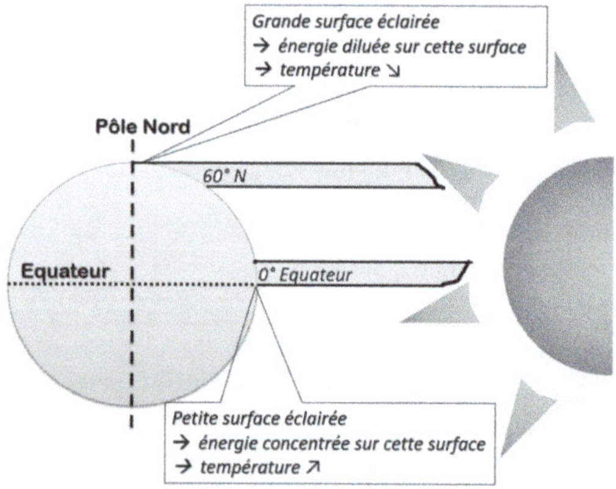

Surfaces éclairées par une même quantité d'énergie solaire en fonction de la latitude.

Conséquence de cette inégale répartition

L'air chauffe plus à certains endroits ; en effet, l'air au-dessus de l'équateur reçoit plus d'énergie que celle au-dessus des pôles.

L'air chaud monte dans l'atmosphère entraînant une dépression près du sol. L'air des pôles est froid et descend, entraînant une forte pression près du sol. Ainsi, l'air se met en mouvement comme s'il voulait remplacer l'air qui est descendu ou monté donc l'air chaud se dirige vers les pôles et se refroidit et l'air froid se dirige vers l'équateur et se réchauffe. L'air se met en mouvement selon une cellule de convection et crée ainsi des vents. À noter que les grands vents qui viennent du nord au sol ne sont pas orientés dans la direction nord-sud mais ont été déviés par les forces de Coriolis.

Pour les mouvements d'eau, c'est le même principe pour ce qui concerne les eaux profondes qui vont être plus dense en fonction de la température. Plus elles sont froides, plus elles plongent. Le même phénomène se produit en fonction de la salinité : l'eau des pôles est plus froide en surface et plus salée (l'eau de surface s'est transformée en glace, la quantité de sel qui était dans cette eau est restée dans l'eau liquide et a augmenté son taux en sels). Elle devient plus dense et va plonger pour créer des courants froids profonds. C'est l'inverse pour l'eau chaude.

Il existe aussi des mouvements de masses d'eau superficielles entraînées par les vents en surface : ils sont à l'origine des vagues entre autres.

Enfin, il ne faut pas oublier l'impact essentiel de l'énergie solaire sur le cycle de l'eau qui, en la faisant changer d'état, la met aussi en mouvement.

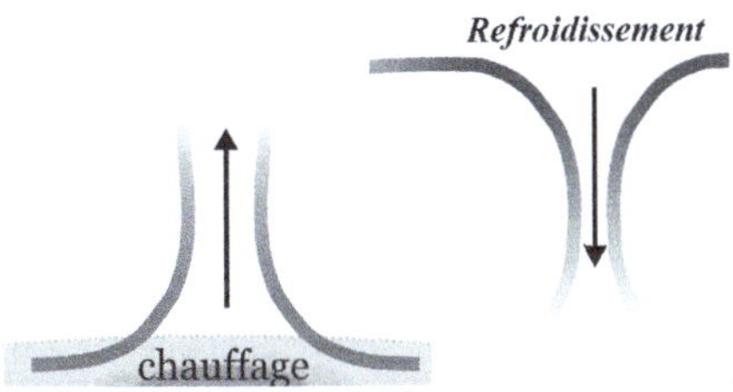

Une masse d'eau de température initialement homogène est réchauffée à une certaine profondeur d'un côté et refroidit de l'autre à une profondeur différente. Ceci engendre un phénomène de convection dans chaque zone et une circulation entre les deux zones. Ainsi, l'eau chauffée d'un côté s'élèvera et l'eau froide de l'autre s'enfoncera, le vide laissé dans chaque colonne forçant un mouvement d'une colonne à l'autre.

Auteur : Pierre cb

Utiliser l'énergie solaire

À cause de son inégale répartition, l'énergie solaire est à l'origine d'énergies très diverses comme celles qui utilisent les mouvements d'air ou les mouvements d'eau : énergie du vent ou des courants ou celles qui utilisent directement les rayons du soleil (panneaux photovoltaïques) ou l'énergie thermique (panneaux solaires thermiques pour faire chauffer de l'eau).

Il ne faut pas oublier de citer les biocarburants, source d'énergie qui provient de l'utilisation de l'énergie solaire par les végétaux. Nous verrons dans le chapitre 8 que cette production utilise de grandes surfaces agricoles et entre en concurrence avec les cultures destinées à l'alimentation. Elle est responsable aussi de l'augmentation de la déforestation dans certains pays en voie de développement.

L'énergie solaire est une énergie renouvelable. Le soleil apporte beaucoup plus d'énergie que les besoins de l'humanité ne demandent. Les énergies renouvelables représentent actuellement moins de 20 % de la production d'électricité en France et fin 2015, la capacité d'énergie renouvelable installée dans **le monde** atteignait 1 849 gigawatts (GW) soit un peu plus de 10 %. La COP 21 et l'accord de Paris qui en a découlé prévoit une réduction des gaz à effet de serre pour maintenir le réchauffement climatique « bien en dessous de 2 °C par rapport aux niveaux préindustriels » et si possible de viser à « poursuivre les efforts pour limiter la hausse des températures à 1,5 °C » d'ici à 2100.

Je me teste !

1. Expliquer pourquoi les combustibles fossiles sont considérés comme de l'énergie solaire du passé.

   ....

2. Comment se forme un combustible fossile ?

   ....

3. Quels sont les liens entre le soleil et les énergies renouvelables comme l'énergie éolienne ou hydrolienne ?

   ....

Dernière minute

Les combustibles fossiles piègent le carbone d'origine vivante pendant des millions d'années. Du plancton ou des végétaux terrestres sont à l'origine de cette matière organique qui va être enfouie et transformée en pétrole, gaz ou charbon par des micro-organismes privés de dioxygène.

En utilisant ces combustibles, l'Homme libère ce carbone sous la forme de CO_2 dans l'atmosphère en très peu de temps par rapport au temps qu'il a fallu pour le transformer en combustible.

Le soleil apporte de l'énergie sur Terre. Cette énergie est répartie de manière inégale et produit des mouvements de masses d'air et d'eau. L'Homme utilise ces mouvements pour produire une partie de leur électricité. Il utilise aussi l'énergie solaire de façon plus directe en récupérant ses rayons ou sa chaleur grâce à des panneaux. Ces énergies sont qualifiées de renouvelables puisque, le soleil devrait briller pour quelques milliards d'années encore...

Je lis, je surfe !

- Capsule Youtube « Comment le pétrole s'est-il formé dans le sous-sol ? » SVT en Flash.
  ↪ Bonne illustration de la formation du pétrole et, en particulier, du gisement bien détaillé.
- Livre *Les énergies renouvelables ont-elles un avenir ?* de Paul Mathis Collection « Les petites Pommes du savoir » Édition : Le Pommier.
  ↪ Cet ouvrage présente sur la diversité des énergies renouvelables : elle explique le fonctionnement de chacune, analyse les intérêts et les limites des unes et des autres. En conclusion, elle soulève le problème en termes de politique énergétique. Un bon aperçu des défis de demain !
- Pour aller plus loin... livre *Après le pétrole. La nouvelle économie écologique* de Élise Rebut et François Ludovic aux éditions Ellipses.
  ↪ Cet ouvrage est consacré aux prémices de la révolution verte, de nature à relancer une dynamique économique, à ses enjeux et à ses conséquences. Il est destiné au plus grand nombre, avec des explications précises mais présentées simplement pour être les plus accessibles possible.

Extraire l'information utile de plusieurs documents

1. Je lis la consigne pour bien comprendre ce qu'on me demande et quelles informations je dois rechercher et trouver.
2. Je réalise une véritable étude de tous les documents au brouillon : type de document, titre, légendes, informations qu'il apporte en une ou deux lignes.
3. J'extrais les informations utiles en lien avec ce que je recherche.
4. Je mets en relation les différentes informations des documents entre elles et je fais le lien avec ce que je sais sur le sujet.
5. J'organise les informations et ce que je sais dans un texte avec des connecteurs logiques.
6. Je peux aussi communiquer les informations utiles sous forme de tableau ou de schéma.

Le conseil du prof

Bien relire la consigne pour ne pas faire de hors-sujet.

Analyser tous les documents.

Chercher le lien avec le sujet pour chaque document.

Chercher le lien entre les documents.

Faire le lien avec ce que je sais.

Organiser sa réponse de manière logique.

Communiquer par écrit : texte, schéma et/ou tableau.

Ça peut tomber !

- Étude de la formation de différents combustibles fossiles : à partir des documents, expliquer comment se forme un combustible fossile.
- Étude de l'impact des combustibles fossiles sur l'environnement et comparaison avec des énergies renouvelables : à partir des documents, dégager les avantages et les inconvénients de chaque énergie.

Un exemple appliqué

L'inégale répartition de l'énergie solaire

Je gagne des points !

J'analyse tous les documents et je donne au moins une information par document.

Doc. 1

Le rayonnement solaire dans le Monde

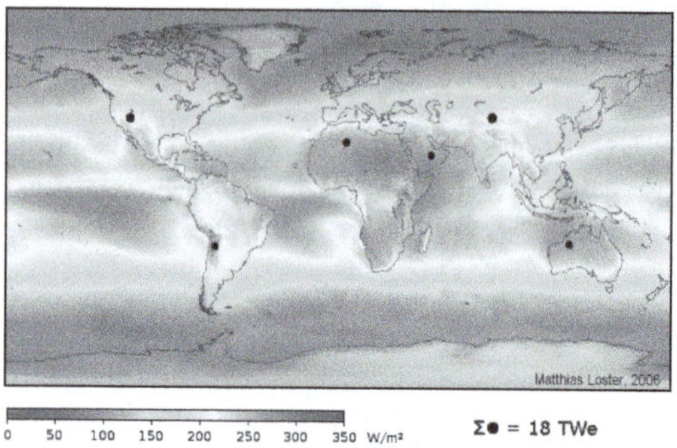

Les couleurs de la carte indiquent le rayonnement solaire, en moyenne, des années 1991 à 1993 (24 heures/jour), en considérant les données des nuages données par des satellites météorologiques. Le rayonnement dans les régions sous les points foncés peut fournir toute la puissance électrique et thermique pour le monde entier si ces régions étaient couvertes des panneaux solaires d'une efficacité de 8 %.

Auteur : Mlino

Doc. 2

Les chemins de l'énergie

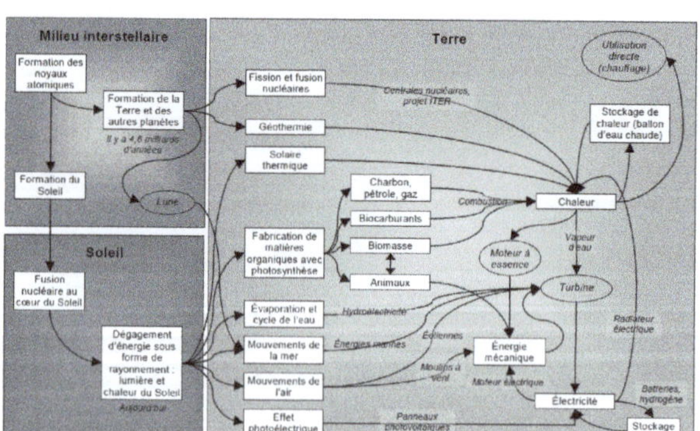

Auteur : Seudo

Consigne : Quels sont les différentes utilisations de l'inégale répartition de l'énergie solaire sur Terre pour la production d'énergie en générale ? Vous analyserez chaque document pour répondre à la question.

Je gagne des points !

Je trie les informations et je cherche du lien entre elles.

Analyse du document 1 (au brouillon) : il s'agit d'une carte qui montre la répartition de l'énergie solaire en watts par mètre carré et d'un texte explicatif des légendes de la carte.

On remarque que la plus grande quantité d'énergie solaire se situe autour de l'équateur et que la plus faible se situe au niveau des pôles.

Dans l'explication de la légende, il est précisé que le rayonnement dans les régions autour des points foncés peut fournir toute la puissance électrique et thermique pour le monde entier si ces régions étaient couvertes des panneaux solaires d'une efficacité de 8 %.

Analyse du document 2 (au brouillon) : Il s'agit d'un schéma complet qui comprend les sources d'énergie et leur utilisation.

Par rapport à notre sujet, nous ne nous intéresserons qu'à la source et aux utilisations de l'énergie solaire.

On remarque qu'il y a 6 conséquences à cette énergie :

- Le solaire thermique
- La fabrication de MO avec photosynthèse
- L'évaporation et cycle de l'eau
- Les mouvements de l'air
- Les mouvements de la mer
- L'effet photoélectrique

Recherche des liens entre les documents : Dans le document 1, on constate l'inégale répartition de l'énergie solaire et on apprend que des panneaux solaires situés dans des zones à fort rayonnement suffiraient à produire l'énergie thermique et électrique de la planète.

Dans le document 2, on ne parle plus d'inégale répartition mais on nous récapitule toutes les utilisations directes ou indirectes de l'énergie solaire.

Faire le lien avec ce que je sais : L'énergie thermique permise par le soleil va dépendre directement de la répartition de l'énergie solaire. Elle sera plus importante dans les zones à plus fort rayonnement thermique.

C'est la même chose pour l'énergie photovoltaïque.

Les mouvements d'air et d'eau vont eux aussi dépendre de l'inégale répartition de l'énergie solaire mais de façon indirecte et pourront avoir lieu et fournir de l'énergie éolienne ou hydrolienne plus équitablement sur Terre.

Enfin, la fabrication de matière organique avec la photosynthèse pour faire des combustibles fossiles provient de l'énergie solaire passée et celle fabriquée pour faire des biocarburants, du bois ou pour nourrir les animaux utilise la photosynthèse qui peut se produire partout où vous trouvez des végétaux verts.

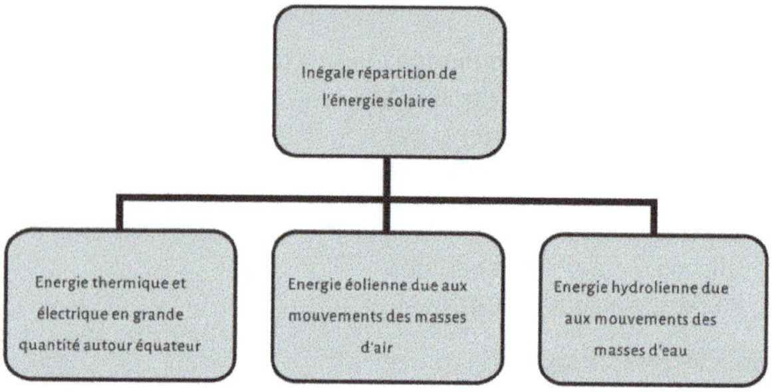

Conclusion : L'inégale répartition de l'énergie solaire a une influence sur :

- les énergies qui dépendent directement de la quantité d'énergie comme l'énergie thermique et électrique : celles-ci seront plus importantes dans des régions autour de l'équateur ;
- les énergies qui utilisent indirectement l'énergie solaire pour se former : l'énergie des mouvements des masses d'air et d'eau pour former le vent ou les courants marins.

L'origine des combustibles fossiles

Doc. 1

Trois fossiles végétaux (continentaux) trouvés dans des gisements de charbon

Calamites
Lepidodendron
Fougère
Pecopteris

Doc. 2

Composition chimique de divers échantillons en %

	C	H	O	N
Végétaux	45,1	5,9	44,9	1,5
Pétrole	82 à 86	10 à 13	0,01 à 3,5	0,03 à 1,2
Charbon	86,7	4,1	3,5	0,6
Grès	-	-	52,8	-

Doc. 3

Structures moléculaires

De quelques hydrocarbures trouvés dans les pétroles

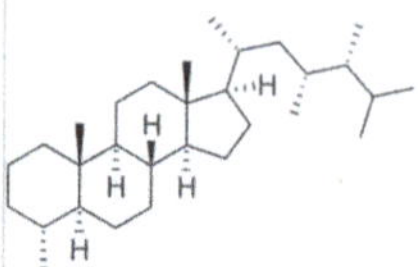

STERANES

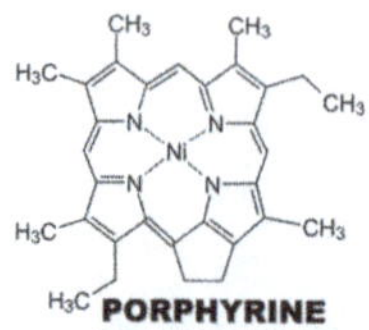

PORPHYRINE DE VANADIUM

Très fréquente dans les pétroles

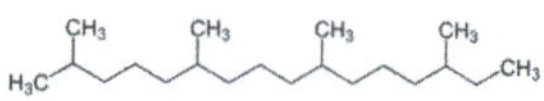

PHYTANES

De quelques molécules du vivant

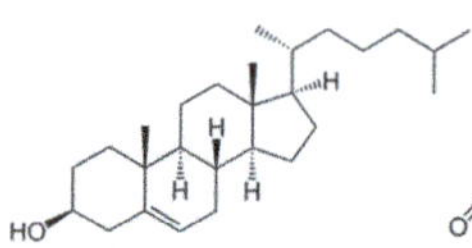

STEROLS

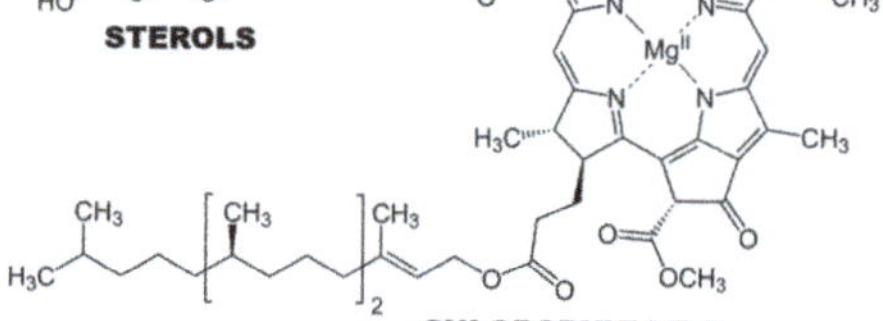

CHLOROPHYLLE A

1. Que suggèrent les empreintes observées dans les charbons quant à l'origine de leur matière organique ?
2. L'analyse des éléments chimiques du charbon confirme-t-elle votre réponse de la question 1 ?
3. D'après l'analyse des éléments chimiques du pétrole, et d'après la comparaison des molécules trouvées dans le pétrole et dans les êtres vivants, que peut-on déduire sur l'origine du pétrole ?

Corrigé

1. On peut observer dans les échantillons de charbon des empreintes fossilisées de végétaux (feuilles de fougère, calamites et lepidodendron...).

   → **On en déduit donc** que la matière organique du charbon a une origine végétale. Ces végétaux étant continentaux, on en déduit aussi que la matière végétale à l'origine du charbon était continentale.

2. On trouve dans le charbon les quatre atomes principaux du vivant : C, H, O, N, atomes retrouvés dans les végétaux, et non dans les roches comme les grès.

   → **On en déduit donc** que le charbon est bien une roche ayant pour origine la transformation de végétaux verts continentaux.

3. On peut observer que le pétrole possède lui aussi les quatre atomes principaux du vivant (C, H, O, N). **On en déduit donc** que le pétrole a, comme le charbon, une origine organique.

   On observe également dans le pétrole des molécules organiques complexes ressemblant très fortement à des molécules organiques rencontrées chez les végétaux. Par exemple, porphyrine de vanadium et phytanes semblent dériver de la chlorophylle car l'association de ces deux molécules forme une structure moléculaire qui ressemble beaucoup à la chlorophylle.

   → **On en déduit donc** que le pétrole résulte lui aussi de la transformation d'une matière organique végétale.

   Remarque complémentaire : les végétaux à l'origine du pétrole ne sont cependant pas continentaux (comme pour le charbon) mais océaniques, avec le phytoplancton.

Ce que je dois mobiliser

- L'origine végétale d'un combustible
- Les conditions de formation d'un combustible

Le conseil

Bien repérer la forme des molécules et bien comprendre les possibilités de transformation d'une molécule en une (ou des) autre(s).

Chapitre 8

Le sol : un patrimoine durable ?

Problématique

- La croissance démographique place l'humanité face à un enjeu majeur : en 2050, nous serons 9 milliards d'êtres humains à devoir être nourri. Comment trouver et exploiter des ressources (sol, eau) nécessaires à ces productions tout en les préservant ?

« *Le sol est gorgé de sucs cosmiques* »
Henry Miller

« *Un jour viendra, et plus tôt qu'on ne pense, où le degré de civilisation se mesurera non à l'emprise sur la nature, mais à la quantité et à la qualité, à l'étendue et à la sauvagerie de nature qu'elle laissera subsister.* »
Hainard Robert

Points incontournables

- L'agriculture a besoin de sols cultivables et d'eau pour nourrir l'humanité : deux ressources très inégalement réparties à la surface de la planète. Pour les obtenir, elle entre en concurrence avec la biodiversité naturelle ou encore l'urbanisation.
- De plus, la biomasse végétale produite par l'agriculture est une source de nourriture mais aussi une source d'agrocarburants ou de combustibles entre autres. Ces deux productions se retrouvent elles aussi rivales face à ces ressources fragiles et limitées.
- En effet, un sol résulte d'une longue interaction entre les roches et la biosphère, il est lent à se former mais facilement et rapidement dégradé, il reste vulnérable.
- Sa gestion est un enjeu planétaire majeur.

Les besoins de l'agriculture pour nourrir l'humanité

Les mots à retenir

Terre arable : part du sol utilisée pour l'agriculture

En 2015, 95 % de notre nourriture était produite directement ou indirectement sur nos sols. Ils fournissent l'eau et les ions minéraux aux végétaux. Ils abritent plus d'un quart de la biodiversité de notre planète et un seul gramme de sol sain contient des millions d'organismes.

Ils ont une influence sur presque tous les aspects de notre vie quotidienne : la nourriture que nous consommons, la végétation qui nous entoure, les médicaments que nous prenons, les bâtiments dans lesquels nous vivons, les vêtements que nous portons, l'eau que nous buvons...

Les sols sont à la base de la vie sur terre et ils sont cruciaux pour le développement durable.

Mais les terres utilisables pour nourrir l'humanité peuvent devenir moins praticables à **cause de la salinisation**, de la **déforestation**, de la **désertification**, de l'**érosion** ou encore de l'**étalement urbain** sans oublier le développement de sources d'énergie qui peut également nécessiter de vastes zones comme la production de biomasse.

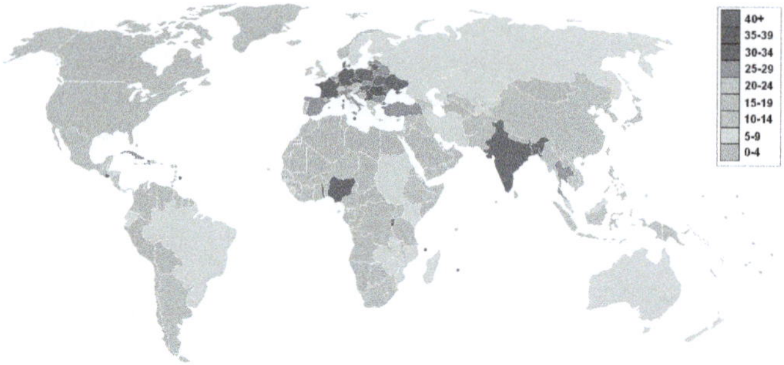

Pourcentage de terre arable par pays dans le Monde

Auteur : Roke~commonswiki

Ainsi, les terres disponibles et saines pour la production alimentaire sont très limitées. Selon la plupart des estimations, plus de la moitié des terres cultivables sont déjà exploitées.

Il est de notre devoir de les protéger davantage pour relever le défi qui nous attend de nourrir plus de 9 milliards d'êtres humains d'ici 2050 comme le suggérait le Directeur général de la FAO (Organisation des Nations Unies pour l'alimentation et l'agriculture), M. José Graziano da Silva lors du lancement l'année internationale des sols en 2015 :

« Des sols sains sont indispensables pour la production alimentaire mondiale mais nous n'accordons pas assez d'attention à cet allié silencieux. »

Pour préserver ce sol si précieux, nous devons l'étudier et comprendre sa formation et sa dégradation : l'étude des sols et de leur évolution s'appelle la pédologie.

L'eau est également nécessaire aux cultures.

L'eau recouvre les 2/3 de la planète mais seulement 3 % de cette eau est douce et seulement 1/5 de cette eau douce est liquide. Ainsi, l'eau disponible pour nos besoins est rare et inégalement répartie.

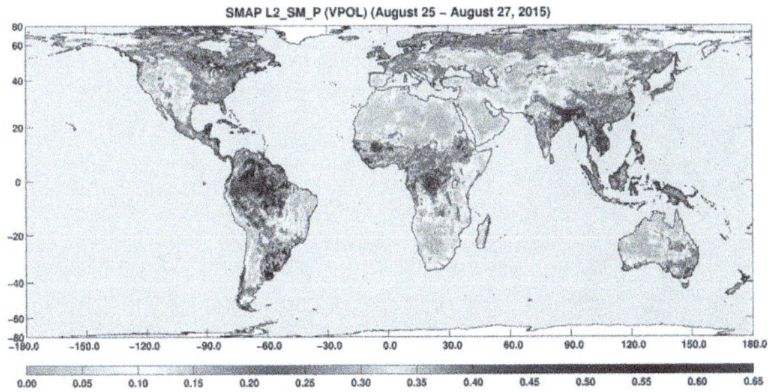

Carte mondiale composite de trois jours de l'humidité du sol de surface extraite du radiomètre SMAP entre le 25 et le 27 août 2015. Les zones sèches apparaissent en jaune / orange, comme le désert du Sahara, l'ouest de l'Australie et l'ouest des États-Unis. Les zones humides apparaissent en bleu et les zones blanches indiquent la neige, la glace ou le sol gelé.

Auteur : NASA JPL Caltech GSFC

Les mots à retenir

Radiomètre : Appareil destiné à mesurer l'intensité d'un rayonnement lumineux. Ici, nous mesurons le rayonnement spécifique émis par l'eau.

Des zones entières très vastes sont privées d'eau accessible (déserts du Sahara, de Gobi ou encore d'Australie centrale...) et d'autres comme l'Amérique du sud et l'Asie détiennent à elles seules plus de la moitié des ressources mondiales en eau.

De plus, l'eau est une ressource fragile et l'eau potable peut devenir rare par sa localisation géographique mais aussi à cause de la densité de population qui occupe ces zones et les conséquences que cela entraîne : pollution, surexploitation, gaspillage...

Cette inégalité d'accès à l'eau potable peut créer de réelles tensions géopolitiques d'autant plus que les sols cultivables peuvent avoir besoin d'une irrigation régulière pour produire.

Un peu de pédologie...

Le sol est la couche superficielle de la Terre. C'est le résultat d'une altération superficielle d'une roche-mère à la base de ce sol et d'un enrichissement en matières organiques provenant de la décomposition de la litière par des organismes décomposeurs.

Le sol est un mélange de **matière organique** , de **minéraux** , de gaz, de liquides et d'organismes qui, ensemble, soutiennent la vie.

Structure

Il est formé de couches appelées horizon. Chaque type de sol a généralement trois ou quatre horizons. Les horizons sont définis dans la plupart des cas par des caractéristiques physiques évidentes, principalement la couleur et la texture.

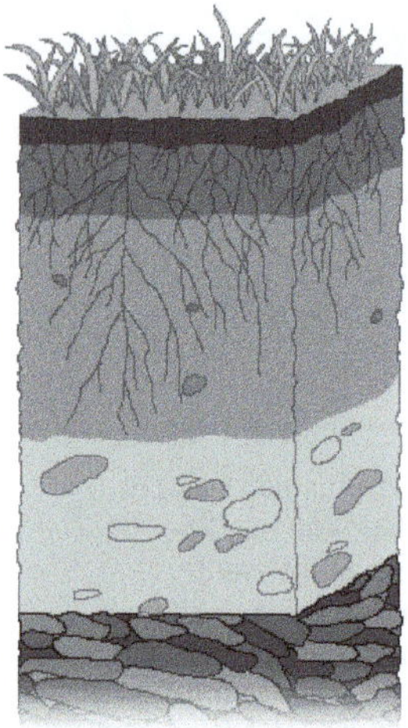

Horizon O) Matière organique : couche de litière de résidus végétaux sous une forme relativement non décomposée.

Horizon A) Sol de surface : Couche de sol minéral avec la plus grande accumulation de matière organique et la vie du sol (forte proportion d'humus).

Horizon B) Sous-sol : Cette couche accumule des minéraux (fer par exemple) de l'argile et des composés organiques.

Horizon C) *Substratum* : couche de roche-mère altérée. Cette couche peut accumuler les composés les plus solubles.

Horizon R) Roche-mère : les horizons R désignent la couche de substrat rocheux peu altérée à la base du profil du sol.

Auteur : US Department of Agriculture

Remarque : Un sol cultivé ne comporte pas de litière sauf si la pratique agricole utilisée permet de laisser des restes végétaux au sol.

Les mots à retenir

Litière d'un sol : désigne de manière générale l'ensemble de feuilles mortes et débris végétaux en décomposition qui recouvrent le sol.

Formation

Le sol se forme en plusieurs étapes qui impliquent de nombreux phénomènes physico-chimiques et biologiques sur un temps long à l'échelle humaine :

- Il se produit une altération de la roche-mère : résultat de processus physiques (gel ou pénétration des racines par exemple) qui vont fragmenter la roche et de processus chimiques (actions de l'eau chargée en acides par exemple).
- les êtres vivants du sol, en particulier les décomposeurs, assurent la minéralisation de la matière organique et le brassage des divers éléments de la couche superficielle dans les couches plus profondes (action des vers par exemple).

Cela produit une incorporation de molécules organiques plus ou moins dégradées et forme l'humus (humification = formation d'acides humiques). Le sol est donc un véritable écosystème à lui tout seul et contribue au maintien de la vie par l'action de ces êtres vivants qui transforment la matière organique en matière minérale nécessaire à la production végétale mais qui permet aussi la formation et l'entretien du sol.

Le ver de Terre

Auteur : Wiko Getaway (Pixabay)

- La dernière étape est due à l'infiltration de l'eau qui va différencier les horizons par lessivage. Les éléments solubles sont ainsi entraînés et s'accumulent au niveau des horizons B et C dits d'accumulation.

La formation d'un sol dépend donc de 3 facteurs :

- les caractéristiques de la roche-mère ;
- les végétaux qui fournissent l'essentiel de la MO présente dans le sol ;
- le climat qui affecte les deux facteurs précédents par la température et par les précipitations.

Il existe donc une multitude de sols.

Les propriétés d'un sol

Le sol doit répondre aux besoins des végétaux :

- il doit leur fournir de l'eau et des sels minéraux.
- il doit fournir du dioxygène aux racines pour leur permettre de respirer.
- Il doit leur servir de support pour leur fixation.
- Il doit permettre la dégradation de la matière organique par les décomposeurs en matière minérale pour les végétaux.

Les mots à retenir

C.A.H : complexe argilo-humique c'est-à-dire mélange de minéraux argileux et d'humus.

Plusieurs propriétés physico-chimiques correspondent à ces besoins :

- Le sol doit être adsorbant :

Il doit posséder la capacité de fixer des ions pour les rendre disponibles pour les racines des plantes. Ceci est rendu possible par la formation de complexes argilo-humiques : particules d'argile qui fixent les ions positifs (souvent apportés par les engrais).

Plus un sol contient ce type de complexes plus il est fertile.

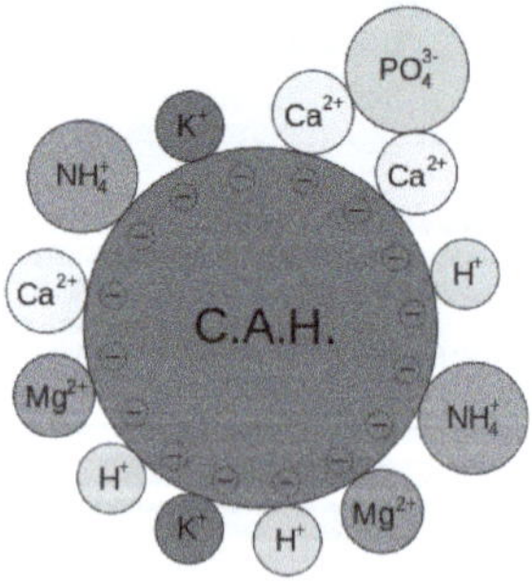

Modélisation du complexe argilo-humique et d'ions adsorbés

Auteur : Haltopub

Comment se forme ce complexe ?

L'humus

La matière organique déposée sur le sol (litière) est utilisée par les décomposeurs qui s'en nourrissent et la transforment en CO_2.

Cette matière subit ainsi une évolution plus ou moins rapide (selon les conditions de **température**, d'humidité, d'acidité...) qui aboutit à sa transformation sous forme de composés humiques.

La matière organique qui, en se décomposant, produit l'humus est constituée :

- de fragments végétaux en décomposition,
- d'**exsudats** racinaires et d'exsudats végétaux (**propolis**) et animaux (**miellat**) au-dessus du sol,
- d'**excréments** et excréta (**mucus**, **mucilages**) de vers de terre et d'autres organismes du sol,
- des cadavres animaux et de nombreux micro-organismes, champignons microscopiques et bactéries,

Tous ces éléments sont sans cesse digérés, mais aussi déplacés (bioturbation) ou mobilisés par tous les organismes du sol. La formation de l'humus est accélérée quand la température monte et que l'humidité est importante. Il peut même se minéraliser en totalité et disparaître si le climat est trop chaud !

L'argile

L'altération de la roche mère peut produire de fines particules de moins de 2 μm de diamètre appelées argile (granulométrie) : certains minéraux originels de la roche-mère peuvent être retrouvés sans transformation dans les horizons du sol et leur appellation en tant qu'argile ne définit que leur taille.

Par contre, il existe des minéraux de la roche mère qui vont subir une transformation et donner de nouveaux minéraux qui sont définis aussi comme des argiles (minéralogie) : minéraux silicatés comme la kaolinite et la smectite.

Il est intéressant de se rendre compte que d'un point de vue chimique, argile et humus ne devraient normalement pas se lier entre eux car les particules d'humus et d'argiles sont toutes deux électronégatives, et se repoussent donc naturellement. Pourtant certaines communautés d'organismes vivant du sol (comme les vers de terre) sont capables de produire de tels complexes en liant les argiles et les humus.

Si ces complexes sont absents la structure du sol est compacte.

Les mots à retenir

Exsudats : Liquide suintant d'un végétal.

Propolis : Désigne à la fois une matière résineuse produite par certains végétaux et un matériau complexe fabriqué par les abeilles à partir de cette résine végétale et de cire.

Excréta : Substances rejetées hors de l'organisme, consistant principalement en des déchets de la nutrition et du métabolisme (fèces, urines, sueur, matière sébacée, gaz carbonique, etc.).

Miellat : liquide épais et visqueux excrété par des insectes.

Mucus : Différentes sécrétions visqueuses et translucides peu solubles dans l'eau produites par des glandes spécifiques de divers organismes, et chez ceux-ci par divers organes internes ou par la peau (ex. : chez les poissons, certains amphibiens, les limaces, escargots...).

Mucilage : substances végétales, qui gonflent au contact de l'eau en prenant une consistance visqueuse, parfois collante, semblable à la gélatine.

Bioturbation : Désigne le phénomène de transfert d'éléments nutritifs ou chimiques par des êtres vivants au sein d'un écosystème.

- Le sol doit être poreux :

On appelle porosité le volume de l'ensemble des pores par rapport au volume total du sol (exprimé en %).

Il doit donc exister un volume d'espaces libres entre les agrégats ou les particules solides pour permettre la circulation de l'eau, de l'air et de certains animaux du sol.

- Le sol doit être perméable et aéré :

Il doit laisser passer l'eau vers les couches inférieures et l'air pour éviter l'asphyxie des êtres vivants du sol (végétaux, animaux, champignons, bactéries).

- Le sol doit être capable de retenir l'eau :

Il retient une certaine quantité d'eau utilisable par les plantes mais aussi de l'eau fortement liée à des particules solides non absorbables par les racines. Cette eau est contenue dans les pores de diamètre inférieur à 0,2 µm.

Lorsque l'eau s'infiltre, elle entre dans les pores et ne reste pas dans les plus grossiers. Selon la nature des horizons, les végétaux vont disposer d'une réserve d'eau plus ou moins importante. Le volume d'eau retenu par un sol est d'autant plus grand que les matériaux le constituant sont fins (exemple : le sable ne retient pas l'eau comparé à l'argile). Mais l'eau utile aux végétaux correspond à l'eau retenue à laquelle on enlève l'eau liée dans les pores très fins non absorbables. Ainsi, l'eau utile pour les plantes dépend du volume des pores mais aussi de leur taille.

Ainsi, le sol résulte d'un équilibre subtil et délicat entre différents acteurs indispensables du sol (les êtres vivants du sol et la présence de complexes argilo-humiques) et des conditions physico-chimiques et biologiques particulières. Il reste donc fragile et facilement dégradable.

La dégradation des sols

- **Par épuisement du sol**

Dans un agrosystème, les végétaux cultivés puisent de la matière minérale dans le sol comme dans un écosystème naturel. Les végétaux produits étant récoltés, la matière minérale puisée n'y retourne pas comme dans une forêt par exemple où les débris végétaux tombés au sol vont l'apporter naturellement par humification et minéralisation.

Ainsi, le sol s'épuise et il faut lui donner les éléments minéraux qui risquent de manquer d'où l'utilisation d'engrais chimiques avec de l'azote du phosphore et du potassium.

Cet apport peut entraîner la pollution des nappes phréatiques si les quantités dépassent le pouvoir adsorbant du sol.

Les mots à retenir

Agrosystème : Ecosystème modifié et contrôlé par l'homme, dans un but agricole (culture, élevage...).

- **Par stérilisation**

Les pesticides déversés sur les sols pour éliminer les nuisibles, les maladies ou encore les mauvaises herbes, tuent les êtres vivants du sol. L'humification et la minéralisation ralentissent et il devient stérile. Il faut alors alimenter les végétaux en eau et en éléments minéraux.

- **Par déforestation**

Les arbres fournissent 2 à 4 tonnes de matière organique par hectare et par an dans une forêt de feuillus en climat tempéré.

Leur suppression dans le but de récupérer des terrains pour cultiver des végétaux (but alimentaire ou agrocarburants) va créer un déficit de matière organique.

À terme, le sol va se déstructurer par défaut de formation de complexes argilo-humiques. Il s'acidifie et la biodiversité du sol s'appauvrit.

Il ne retient plus l'eau et se déshydrate.

- **Par labourage ou passage fréquent d'engins agricole**

Le labourage peut présenter de nombreux inconvénients suivant sa profondeur, le type d'engin utilisé, le climat ou le type de sol. Il peut être responsable de la compaction des sols en diminuant les pores et en limitant ainsi la perméabilité à l'air et à l'eau. Les agrégats du sol peuvent être détruits et entraînés par les eaux de ruissellement. Cette eau peut entraîner les éléments constituants du sol (lessivage des sols). Ainsi, l'eau ne sera plus retenue et le sol se déshydratera.

La gestion des sols

Le 4 décembre 2015, Rome – Selon un nouveau rapport des Nations Unies, la détérioration rapide des sols de la planète due à l'érosion, à la perte de nutriments et de carbone organique, à l'imperméabilisation et autres menaces peut être inversée, pour autant que les pays prennent l'initiative de promouvoir des pratiques de gestion durable et l'utilisation de technologies appropriées comme par exemple, entretenir la biodiversité des sols, utiliser une couverture végétale, pratiquer l'agriculture biologique...

Il faut aussi garder à l'esprit que les sols indispensables à l'agriculture sont fragiles et ne peuvent pas se former ou se reconstituer sur une courte durée.

Enfin, pour remédier à la dégradation d'un sol, il faut identifier le ou les propriétés du sol qui ont été altérées et en rechercher la cause avant d'utiliser à outrance les produits chimiques...

Je me teste !

1. Quelles sont les ressources dont nous disposons pour nourrir 9 milliards d'individus en 2050 ?

....

2. Qu'est-ce qu'un sol ? Comment se forme-t-il ? Quelles sont ses propriétés ?

....

3. Comment remédier à la dégradation des sols ? Comment gérer cette ressource indispensable à notre survie ?

....

Dernière minute

Pour nourrir l'humanité, il faut des terres cultivables et de l'eau. Or ces ressources sont inégalement réparties sur la planète et subissent les conséquences néfastes des activités humaines. Le sol est un mélange de matière organique, de minéraux, de gaz, de liquides et d'organismes qui, ensemble, soutiennent la vie. C'est un équilibre fragile entre tous ces éléments qui va permettre la formation de complexes argilo-humiques nécessaires à l'entretien et à l'évolution de ce sol.

Les pratiques agricoles sont responsables de la dégradation de cet équilibre. Nous devons en prendre conscience et y remédier rapidement pour espérer relever le défi de nourrir 9 milliards d'êtres humains en 2050.

Je lis, je surfe !

- Site de l'organisation des nations unies pour l'alimentation et l'agriculture (FAO)
- Reportage de Philippe Pastoureau « favoriser la vie du sol »
- Pour aller plus loin... Livre *La gestion durable des sols* Dominique King, Lætitia Citeau, Antonio Bispo, Marion Bardy aux éditions Quae.
  ↪ Conscient de la pression croissante exercée par l'homme sur les sols, le ministère en charge de l'Environnement a mis en place, depuis 1998, un programme de recherche sur la gestion du patrimoine sol (Gessol). Cet ouvrage synthétise les premiers résultats obtenus par les équipes ayant participé à ce programme.

Faire une recherche documentaire sur internet

Sur internet, on trouve tout et n'importe quoi ! Cela dépend surtout de ta recherche.

Faire une recherche documentaire sur Internet c'est déjà savoir **chercher** l'information.

Pour chercher l'information, il faut utiliser un moteur de recherche de manière efficace.

Tu peux choisir celui que tu veux, il faut connaître quelques astuces pour trouver ce que l'on cherche.

Attention ! Il ne suffit pas de taper la question, le mot ou l'idée que tu cherches.

Par exemple, si tu tapes « Terres agricoles » sur Google, tu obtiens 1 970 000 résultats.

Pour affiner ta recherche, il faut te questionner sur le sujet, le préciser et employer des mots-clés.

En moyenne un internaute n'emploie que 1,34 mot par recherche. On recommande l'emploi de 5 à 8 mots sans déterminant et sans verbe. Tu peux ajouter des adjectifs pour mieux définir ce que tu cherches vraiment.

Exemple toujours sur Google, si tu tapes – répartition terre agricole monde – tu obtiens 237 000 résultats.

Tu peux aussi utiliser des opérateurs de recherche.

Par exemple, avec le symbole +, on peut indiquer au moteur de recherche que tous les mots-clés devaient être recherchés en combinaison ; maintenant, l'espace suffit !

Par contre avec l'astérisque on peut toujours remplacer un mot-clé qui n'est pas encore connu au moment de la requête.

Le + est obsolète mais pas le –. Par exemple, si je cherche « bateau » et si je ne veux pas de bateau rouge voici comment je dois écrire : bateau – rouge.

Enfin, si j'utilise les guillemets « terres cultivables » le moteur de recherche me donnera en premier les résultats qui possèdent ces deux mots côte à côte.

Tu dois sélectionner les documents pour ta recherche dans toute l'information que tu as trouvée.

- Choisis uniquement les documents en lien avec le sujet
- Élimine les documents difficiles à comprendre.
- Ne choisis pas de page personnelle.
- Évalue la fiabilité et valide la crédibilité de l'information trouvée en te posant l'ensemble de ces questions :
  - Qui est l'auteur ? Un particulier ? Un professionnel ? Un organisme ?
  - Quel est l'objectif du site ? Vendre ? Informer ?
  - Comment est présenté le contenu ? Comment est l'**architecture** du site ? Y a-t-il des fautes d'orthographe ?

Le conseil du prof

Tout au long de la recherche : faire preuve d'esprit critique, prendre du recul… Est-ce fiable ? S'agit-il d'un fait réel ? S'agit-il d'une opinion ? Quels autres points de vue sur le sujet ? Est-ce bien ce que je cherche ?

Éviter les sites personnels, les forums. Ne jamais donner d'informations personnelles.

Ça peut tomber !

- Recherche documentaire sur les nouvelles pratiques agricoles
- Recherche documentaire sur la faim dans le Monde
- Recherche documentaire sur les ressources en eau et sa gestion au niveau mondial

Fertilité et stabilité du sol

À partir de l'analyse des résultats des expériences présentées dans les documents ci-dessous, expliquer pourquoi on dit que *l'humus améliore la fertilité et la stabilité du sol.*

Doc. 1

La formation de l'humus

La colonisation progressive du sol par les organismes vivants (lichen, bactéries, champignons, végétaux et animaux) conduit à son enrichissement en matière organique : les restes biologiques sont dégradés, en partie minéralisés et en partie transformés. C'est ainsi que se forme la matière brune que l'on appelle « humus ». L'humus se mélange avec les argiles, formant le « complexe argilo-humique ». Chargées négativement, les particules de ce complexe contribuent beaucoup à la fertilité et à la stabilité du sol.

Doc. 2

Le complexe argilo-humique

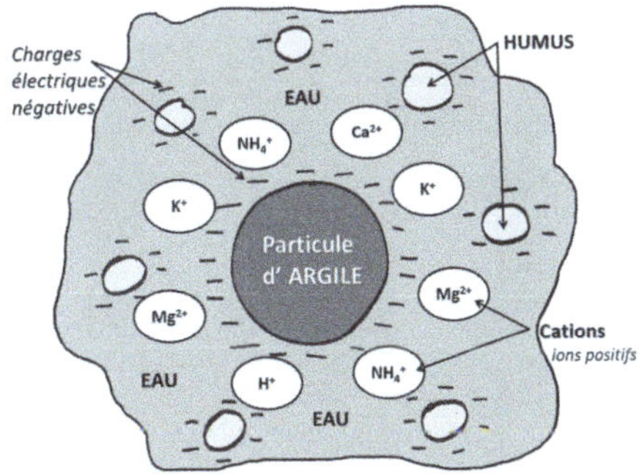

Doc. 3

Expérience n° 1

- **Protocole :** À partir de la même terre de jardin riche en humus, on prépare deux échantillons de même volume. On détruit l'humus de l'un des échantillons en utilisant de l'eau oxygénée. On place les deux échantillons dans un entonnoir, au-dessus d'une éprouvette graduée. On verse la même quantité d'eau sur les deux échantillons.
- Résultats :

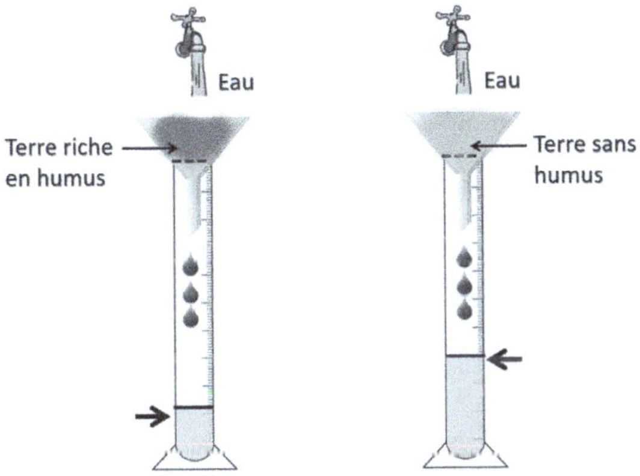

Doc. 4

Expérience n° 2

- Protocole : On verse lentement sur une terre riche en humus, soit une solution diluée d'éosine (qui doit sa couleur rouge à des ions négatifs), soit une solution diluée de bleu de méthylène (qui doit sa couleur bleue à des ions positifs).
- Résultats :

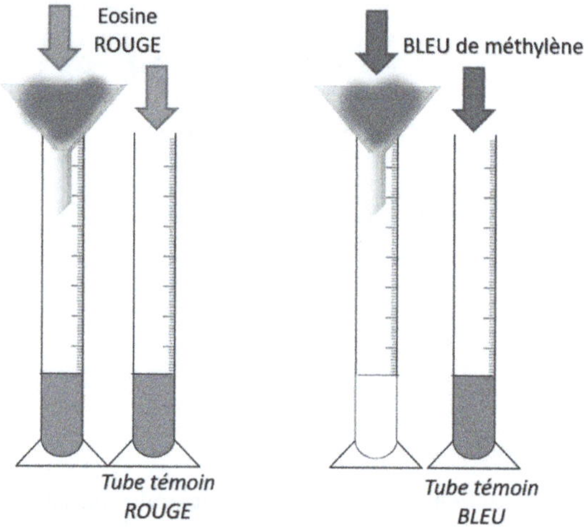

Corrigé

1. Analyse des documents

- *Le document* A nous apprend que la matière vivante (animale et végétale) partiellement décomposée forme l'humus. L'humus s'associe aux particules minérales d'argile du sol pour former le complexe argilo-humique (CAH). Ce dernier est chargé négativement.
- *Le document* B nous décrit ce CAH. On repère les charges négatives de l'humus et de l'argile. On doit également repérer les ions positifs présents dans l'eau, (les cations) qui, du fait de leur charge positive sont « attirés » par les charges négatives du CAH et y restent collés.
- *Le document* C est une expérience. On peut voir que l'on recueille davantage d'eau dans le cas où cette eau traverse un sol dépourvu d'humus, que dans celui où l'eau traverse un sol riche en humus. **On en déduit donc que l'humus permet une meilleure rétention d'eau dans le sol.**

Ce que je dois mobiliser

- Le complexe argilo-humique
- Savoir qu'un sol fertile est riche en eau et en minéraux, permettant ainsi aux plantes de se développer.

Le conseil

Bien analyser chaque document l'un après l'autre, avec l'observation (je vois que) et la petite déduction partielle.

La conclusion reprend toutes les conclusions partielles pour répondre au sujet.

- *Le document D* est aussi une expérience. On peut voir qu'une solution chargée d'ions négatifs (éosine) versée sur un sol riche en humus, se retrouve dans l'éprouvette graduée, comme lorsque l'on verse directement l'éosine dans un tube témoin. Par contre, une solution chargée d'ions positifs (bleu de méthylène) versée sur un sol riche en humus ne se retrouve pas dans l'éprouvette : le liquide récolté dans l'éprouvette est incolore, contrairement à celui du tube témoin qui est bleu. **On en déduit donc que l'humus du sol retient les ions positifs, mais pas les ions négatifs.** Ce résultat illustre le schéma du CAH du document B.

2. Synthèse, conclusion

En augmentant l'humidité du sol, ainsi que sa capacité à retenir les ions positifs, l'humus contribue à la fertilité du sol (eau et ions minéraux utilisés par les végétaux notamment). En s'associant aux particules d'argile par l'intermédiaire des ions positifs, l'humus contribue à stabiliser les particules fines (= argiles) du sol.

Chapitre 9

Modifications physiologiques de l'organisme lors d'un effort physique

Problématique

- Dans quelle mesure les variations des paramètres physiologiques permettent-elles aux cellules des organes de recevoir suffisamment de dioxygène et de nutriments afin de produire assez d'énergie pour réaliser un effort physique de plus en plus intense ?

« *Plus vous aurez fait d'efforts, moins il vous coûtera d'en faire.* »

Félix Bogaerts dans *Les maximes, pensées et réflexions* (1837)

Points incontournables

- Les cellules des organes ont besoin d'énergie pour fonctionner, et elles en ont d'autant plus besoin qu'elles travaillent intensément lors d'un effort physique.
- Lors d'un effort physique, les paramètres physiologiques de l'organisme augmentent, afin de satisfaire les besoins des cellules.

Les effets de l'effort physique sur l'organisme

Pour produire un effort physique peu ou très intense l'organisme a besoin d'énergie.

Cette énergie est produite dans les cellules des organes sollicités (muscles), au cours du métabolisme respiratoire.

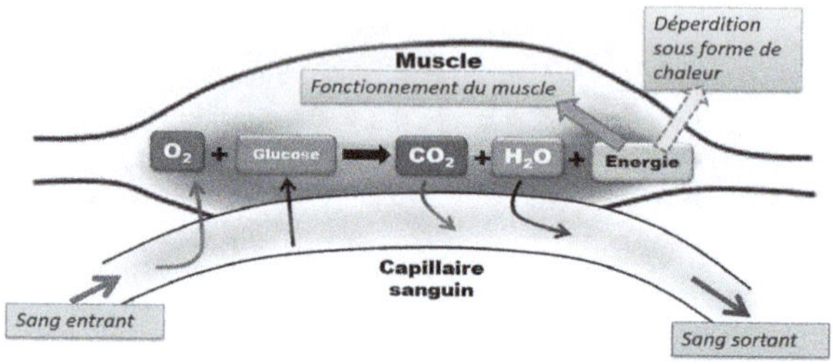

La production d'énergie par les cellules musculaires

Les cellules ont besoin pour cela de dioxygène et de nutriments (glucose), tous deux apportés aux cellules par le sang. Le dioxyde de carbone et l'eau produits au cours de la respiration cellulaire sont des déchets que la cellule rejette dans la circulation sanguine.

Au cours d'un effort physique, les cellules musculaires ont donc besoin de produire davantage d'énergie. Elles consomment de ce fait plus de dioxygène et de nutriments.

La consommation de dioxygène par l'organisme est mesurée avec le VO_2. Le VO_2 augmente donc au cours d'un effort physique, pour satisfaire le besoin croissant en O_2 des cellules musculaires.

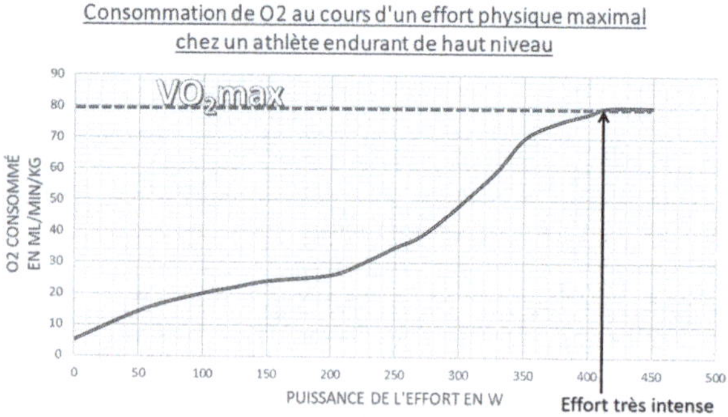

Consommation d'O_2 au cours d'un exercice physique maximal chez un athlète de haut niveau.

Les mots à retenir

Nutriments : molécules constitutives des aliments (glucides, lipides et protides).

***Le glucose** est un glucide.*

Métabolisme cellulaire : (voir Chapitre 3)
Ensemble des réactions chimiques se produisant dans les cellules, menant à la synthèse de molécules (anabolisme), ou à leur dégradation (catabolisme).

La respiration est une réaction de dégradation du glucose.

VO_2 : volume de dioxygène consommé par l'organisme. On le mesure en ml/min/kg.

Le VO_2 max est le volume maximal de dioxygène que peut consommer une personne, par minute et par kg.
→ Il est de ce fait un indicateur de la limite à l'effort que peut réaliser une personne.

Le VO_2 n'a cependant pas une croissance totalement proportionnelle à l'effort : il finit par atteindre un palier : le VO_2max. Au-delà de cette valeur, propre à chacun (en fonction de son état physique, de son entraînement personnel, de son âge et de son sexe), la consommation de dioxygène n'augmente plus, même si l'effort continue de s'intensifier. Le travail musculaire s'arrête alors par épuisement : les muscles n'ont plus accès à suffisamment de dioxygène pour continuer à se contracter.

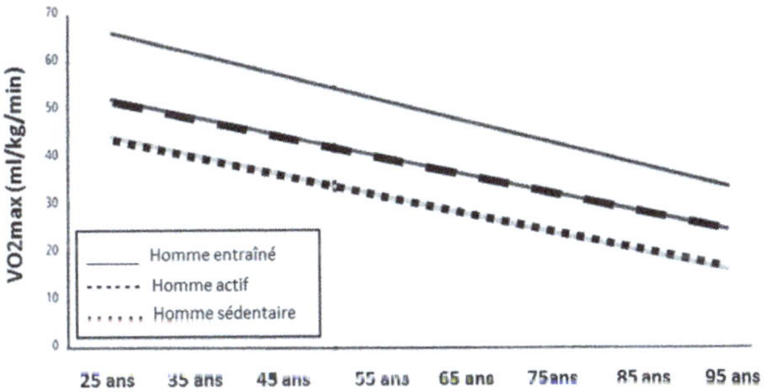

Évolution du VO_2max en fonction de l'entraînement et de l'âge.

D'après **http://entrainement-sportif.fr/vo2-max.htm**

Le VO_2max est plus important chez des personnes entraînées physiquement, et plus faible chez des personnes sédentaires. La pratique d'un sport permet donc d'augmenter les capacités de consommation de dioxygène, et donc, d'améliorer la production d'énergie par les cellules musculaires, ce qui fait progresser les performances physiques.

Comment l'organisme s'adapte-t-il à l'effort pour fournir davantage de dioxygène et de nutriments aux cellules musculaires qui en ont besoin pour réaliser cet effort ?

Les adaptations physiologiques à l'effort

Lors d'une activité physique de plus en plus intense les paramètres physiologiques s'accroissent :

1. Les modifications respiratoires

Au cours d'un effort physique, **la fréquence respiratoire** (Fr) augmente, ainsi que le **volume courant** (Vc), ce qui permet d'accroître le **débit ventilatoire** (Dv), c'est-à-dire le volume d'air inspiré et expiré par les poumons par unité de temps (en L/minute).
→ Dv = Fr × Vc

Les confusions à ne plus faire...

VO_2 et VO_2max

Les mots à retenir

Paramètre physiologique : Particularité mesurable d'une fonction de l'organisme.
Ex : La **fréquence cardiaque**, mesurée en battements par minute, est le paramètre physiologique de la fonction cardiaque, réalisée par le cœur.

Fréquence respiratoire : nombre de mouvements respiratoires (1 inspiration + 1 expiration) par minute. C'est le paramètre physiologique de la fonction respiratoire.

Volume courant : volume d'air inspiré puis expiré à chaque mouvement respiratoire. Il est d'environ 0,5 L chez un adulte normal au repos. Il augmente à l'effort.

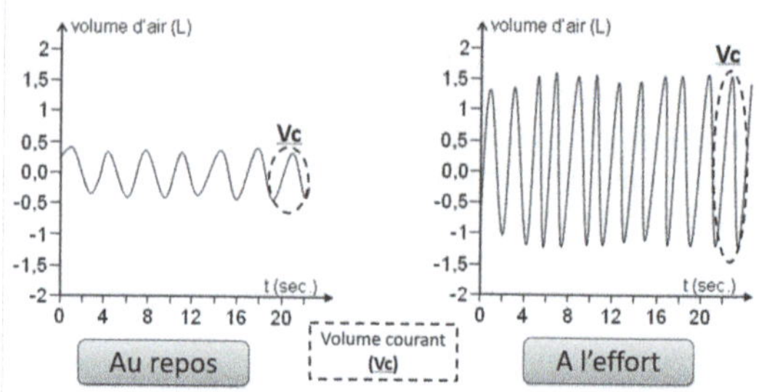

Comparaison du débit ventilatoire au repos et à l'effort.

Un débit ventilatoire plus important permet aux alvéoles pulmonaires d'être au contact d'un air plus vite renouvelé. Le dioxygène de l'air franchit la paroi des alvéoles pour passer dans le sang. Le dioxygène sanguin est ainsi rapidement renouvelé, et donc à nouveau disponible dans le sang pour les cellules qui en ont besoin.

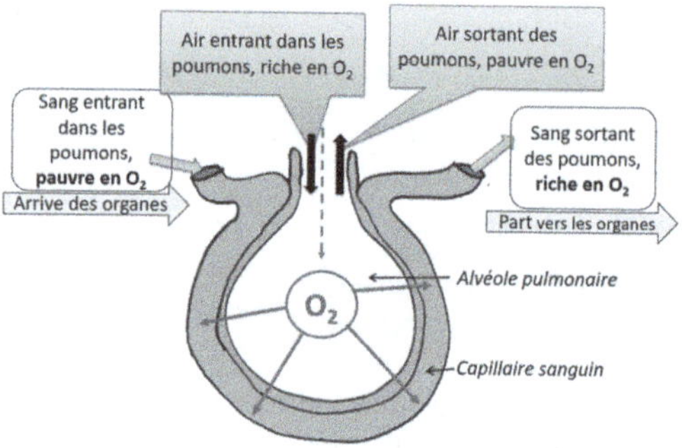

Rappel : Échange de dioxygène entre une alvéole et le sang.

2. Les modifications cardiaques

Au cours d'un effort physique, la **fréquence cardiaque** (Fc) augmente : le cœur bat plus vite.

Les mots à retenir

Fréquence cardiaque : nombre de battements de cœur par minute. Elle s'exprime en battements par minute.

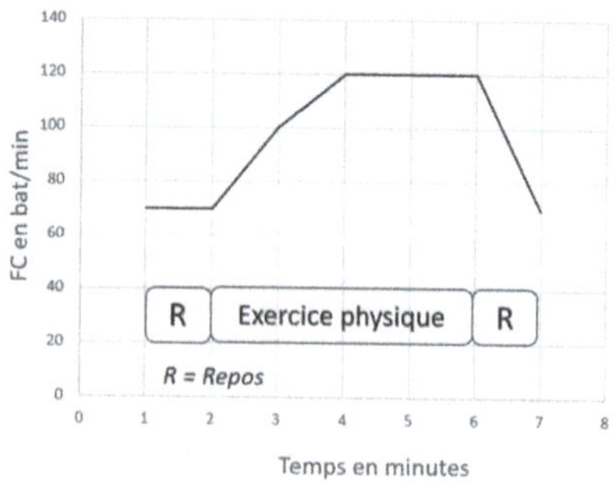

Évolution de la fréquence cardiaque à l'effort et au repos.

En même temps, le **volume d'éjection systolique** (VES) s'accroît : le cœur éjecte davantage de sang dans les artères à chaque contraction.

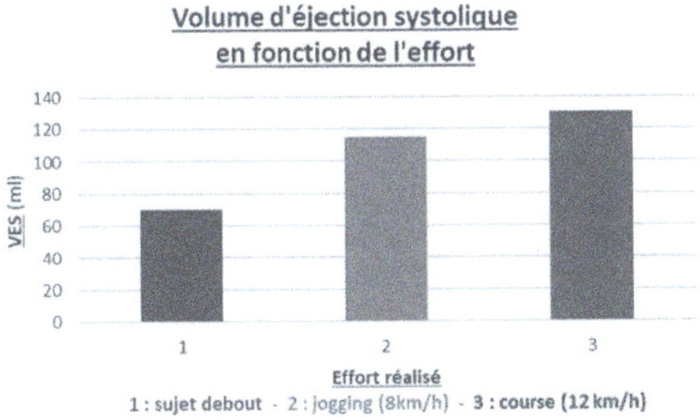

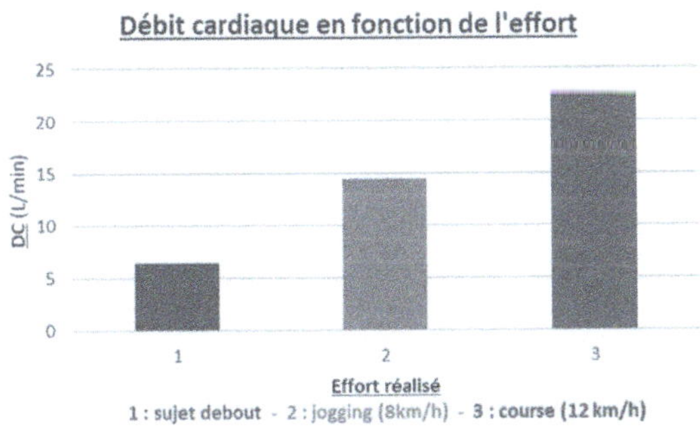

Évolution du volume d'éjection systolique (VES) et du débit cardiaque (DC) en fonction de l'intensité de l'effort.

Le **débit cardiaque** (Dc) s'en trouve donc augmenté, sachant que **Dc = Fc × VES**. Le sang circule donc plus vite à l'effort à la sortie du cœur comparé au repos.

Ainsi, la circulation sanguine étant plus conséquente, le sang est plus vite rechargé en dioxygène au niveau des poumons, et ce sang oxygéné repart tout aussi vite vers les muscles où les cellules musculaires pourront y puiser le dioxygène et les nutriments dont elles ont besoin.

La circulation sanguine est donc partagée en deux circulations : la **circulation pulmonaire** et la **circulation générale**, placées en série, c'est-à-dire l'une à la suite de l'autre. La circulation pulmonaire permet au sang de se réapprovisionner en dioxygène, tandis que la circulation générale transporte ce sang oxygéné jusqu'aux muscles. Le cœur fait le lien entre les deux circuits : c'est lui qui met le sang en mouvement et lui impose la direction à suivre avec le fonctionnement des valves cardiaques.

Les mots à retenir

Volume d'éjection systolique : volume de sang éjecté par le cœur à chaque contraction (systole) dans les artères. Il s'exprime généralement en ml.

Les confusions à ne plus faire...

Systole et diastole : La systole est la phase où le cœur se contracte, la diastole est celle où le cœur se relâche.

Les mots à retenir

Débit cardiaque : volume de sang éjecté du cœur par minute. Il s'exprime en L/minute

Valve cardiaque : élément du cœur qui empêche le sang de refluer lors de son passage d'une oreillette dans un ventricule, ou d'un ventricule vers une artère. Elle fonctionne comme un « clapet » qui s'ouvre ou se ferme, ce qui dirige le sens de la circulation du sang à l'intérieur du cœur. Le cœur possède quatre valves, ou valvules.

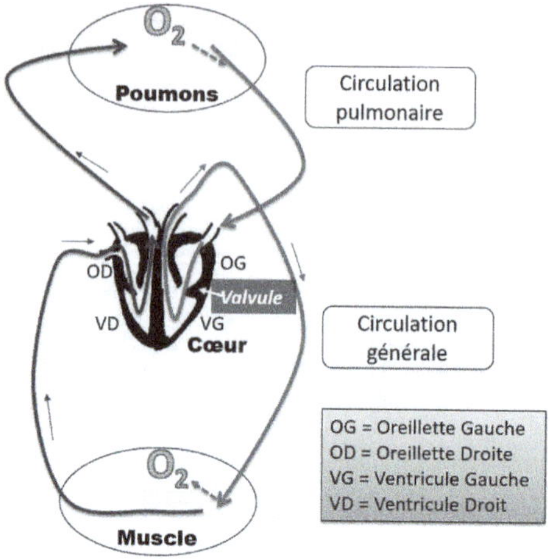

La double circulation sanguine

3. Les modifications vasculaires

Au cours d'un effort physique, l'irrigation des organes est modifiée, avec un **débit sanguin (Ds)** qui varie.

Les vaisseaux capillaires qui apportent le sang aux organes s'ouvrent ou se ferment selon l'implication de ces deniers dans l'accomplissement de l'effort. Ainsi, les muscles, très sollicités, voient davantage de capillaires s'ouvrir, ce qui permet un apport accru de sang aux cellules musculaires : le débit sanguin est augmenté. À l'inverse, des organes comme le foie, l'intestin ou les reins, peu impliqués dans un effort physique, voient certains de leurs capillaires se fermer, diminuant ainsi l'apport de sang à leurs cellules : le débit sanguin est diminué dans ces organes.

La possibilité de s'ouvrir ou de se fermer à la circulation sanguine des capillaires est due à la présence de petits sphincters précapillaires, enroulés autour des vaisseaux sanguins. Lorsqu'ils se contractent, ces sphincters resserrent les parois du capillaire, bloquant le passage du sang. À l'inverse, lorsqu'ils sont relâchés, le capillaire reprend sa forme initiale et le sang peut circuler .

Les confusions à ne plus faire...

Un volume et un débit : Le débit est la quantité d'une grandeur qui traverse une surface ou une section donnée par unité de temps. Il permet de quantifier un déplacement de matière.

Exemples :

le débit cardiaque (Dc) *= volume de sang qui quitte le cœur par minute ;*

le débit sanguin (Ds) *= volume de sang qui circule dans les capillaires irriguant les organes par minute ;*

le débit ventilatoire (Dv) *= le volume d'air qui circule dans les poumons par minute.*

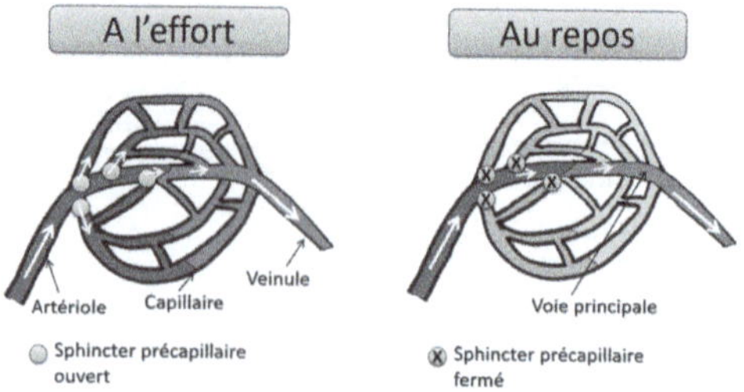

La microcirculation dans un muscle, au repos et à l'effort.

Les mots à retenir

Irrigation sanguine : circulation du sang dans les tissus (ex : tissu musculaire)

Sphincter précapillaire : petit muscle circulaire lisse, qui permet de contrôler la circulation du sang dans un vaisseau capillaire sanguin, en se contractant ou en se relâchant.

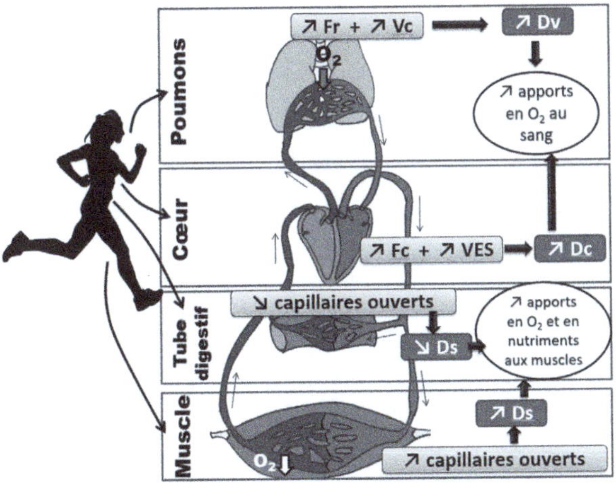

Schéma bilan des modifications de la respiration et de la circulation sanguine au cours d'un effort physique

Je me teste !

1. Expliquer comment la cellule musculaire utilise l'énergie contenue dans un nutriment comme le glucose.

....

2. Expliquer le lien qui existe entre le mode de vie d'une personne et son VO_2max.

....

3. Quelle est la différence entre la fréquence cardiaque et le débit cardiaque ?

....

Dernière minute

Au cours d'un effort physique, les muscles ont besoin de produire davantage d'énergie grâce à la respiration cellulaire : ils consomment donc plus de dioxygène et de nutriments.

La consommation de dioxygène est limitée par le VO_2max, mais l'entraînement permet de l'améliorer.

Les modifications respiratoires, cardiaques et vasculaires au cours d'un exercice physique permettent aux muscles d'avoir accès à plus de dioxygène et de nutriments.

Je lis, je surfe !

- Document vidéo **sur le sport et la santé** : https ://www. reseau-canope.fr/corpus/video/sport-et-sante-152.html
  ↪ Illustration des réactions du corps à l'effort, avec d'autres informations liées à la santé, comme par exemple le maintien de la musculature, ou la limitation de l'apparition de maladies métaboliques comme le diabète de type 2.
- Un magazine de vulgarisation scientifique : ***Pour la Science***, avec également le site http://www.pourlascience.fr
  ↪ De nombreux articles ont pour sujet le sport et ses effets sur l'organisme :
  – Les bienfaits du sport sur la santé (janvier 2014)
  – Le sport rend plus intelligent (avril 2015)
  – Le sport contre la dépression (mars 2017)
- Site de **l'ONISEP** : Faire du sport son métier : http://www.onisep.fr/Decouvrir-les-metiers/Des-metiers-selon-mes-gouts/Le-sport-est-ma-passion

La méthode

Exploiter un graphique pour réaliser des calculs

1. **Repérer les données chiffrées** du graphique : échelles, unités, fréquence, amplitude, valeur maximale, valeur minimale...

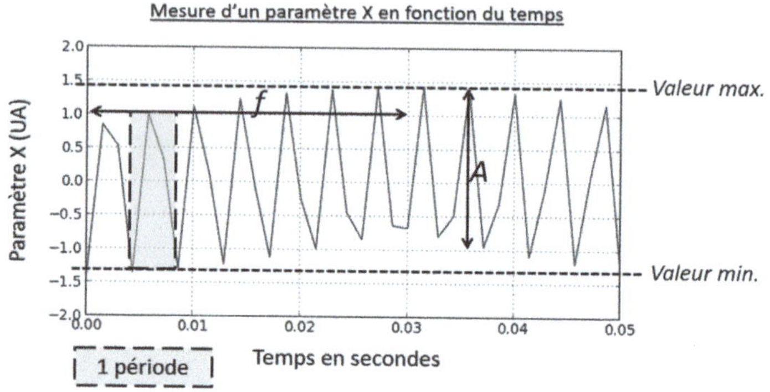

F est une fréquence, c'est-à-dire le nombre de fois qu'un phénomène périodique (*1 période*) se reproduit par unité de temps.

Ici, le nombre de pics/temps (en secondes). Soit :

$$F = \frac{7 \text{ px}}{0{,}03 \text{ sec}} = 233{,}3 \text{ px/sec}$$

A est une amplitude, c'est-à-dire l'écart entre deux valeurs extrêmes. Soit ici :

$$A = 1{,}5 - (-1) = 2{,}5 \text{ ua.}$$

2. **Faire le lien avec la consigne et le cours** pour comprendre quel calcul il faut faire (quelle formule appliquer), et quelles valeurs du graphique il faut utiliser pour faire ce calcul.

Le conseil du prof

Utiliser le document graphique : Ne pas hésiter à **l'annoter** (proprement) en utilisant :

– une **règle** pour être le plus précis possible dans la lecture des mesures ;

– de la **couleur** pour mettre en évidence les éléments importants ;

– travailler plutôt avec un **porte-mine**, pour davantage de soin.

Ça peut tomber !

- Calculer les paramètres physiologiques respiratoires (FR, VC et DV) à partir du graphique. Puis expliquer l'évolution de ces paramètres à l'aide de vos connaissances.
- À partir du graphique, représentant les variations du VES et de la FC en fonction de l'intensité de l'effort, déterminez graphiquement la FC et le VES au repos (effort = 0 W) et lors d'un exercice physique (effort = 150 W). Vous calculerez ensuite les DC (en L/min), à l'effort et au repos. Mettre alors les résultats obtenus en relation avec les besoins du muscle à l'effort.

Un exemple appliqué

Les paramètres respiratoires à l'effort

Clémence, élève de 2de B au lycée L. Pasteur, réalise une expérience assistée par ordinateur (EXAO) : On mesure pendant tout le temps de l'expérience son volume ventilé. On obtient les résultats enregistrés suivants :

Je gagne des points !
Bien lire le document pour bien repérer les paramètres mesurés (titres des axes), et ne pas se tromper dans les unités utilisées.

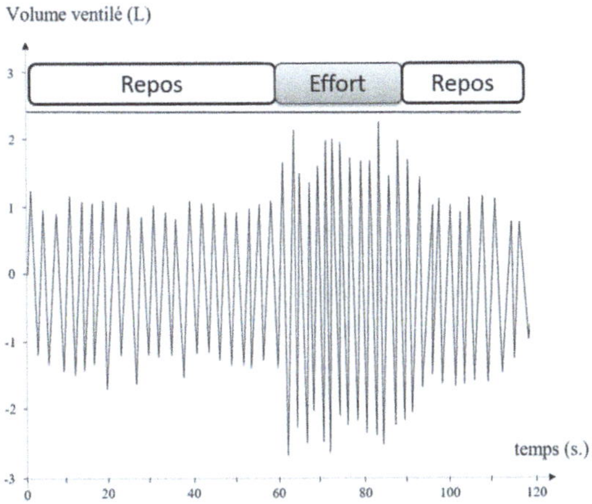

Expliquer, à partir de vos connaissances et de calculs que vous détaillerez, pourquoi le débit ventilatoire de Clémence augmente en situation d'effort

Je gagne des points !
Bien lire le sujet pour repérer tout ce que l'on attend de moi. Ici, il faut ***expliquer*** (donc rédiger) à partir de connaissances et de ***calculs*** (donc il faut réaliser ces calculs).

Corrigé

Le débit ventilatoire (Dv) est le volume d'air circulant dans les poumons par unité de temps (en L/minute).

On sait que **Dv = Vc × Fr**, avec Vc = volume courant et Fr = Fréquence respiratoire.

→ *Il faut donc calculer le débit ventilatoire de Clémence au repos puis à l'effort.* Pour faire ce calcul, il nous faut connaître le volume courant (Vc) et la fréquence respiratoire (Fr).

Le volume courant (Vc) est le volume d'air renouvelé dans les poumons à chaque ventilation, il est représenté par les « pics » sur le graphique.

On mesure donc l'amplitude d'un pic au repos et à l'effort (en considérant que les pics ont globalement la même amplitude).

Soit, au repos : Vc = 1,1 – (-1,2) = 2,3 L

Et à l'effort : Vc = 2 – (-2,3) = 4,3 L

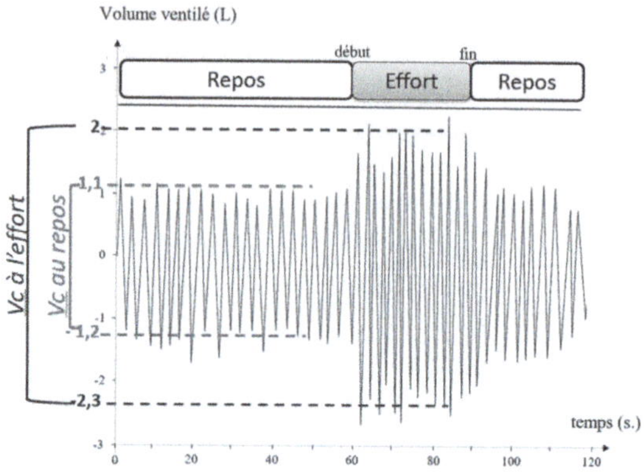

La fréquence respiratoire (Fr) est le nombre de cycles respiratoires par unité de temps. Il faut donc compter les « pics » correspondant chacun à une inspiration suivie d'une expiration. Attention à comparer deux durées identiques : la phase d'effort ne dure que 30 s.

Soit, au repos : Fr = 21 cycles / minute

Et à l'effort : Fr = 14 cycles en 30 secondes,

Soit Fr = 28 cycles / minute

On peut alors calculer le Dv au repos et à l'effort :

	Vc	Fr	Dv
Repos	2,3 L	21 cycles/min	2,3 × 21 = 48,3 L/min
Effort	4,3 L	28 cycles/min	4,3 × 28 = 120,4 L/min

→ *On peut alors répondre à la question de départ en utilisant les résultats calculés :*

Clémence a augmenté son volume courant (= elle a mobilisé plus d'air à chaque cycle respiratoire) et sa fréquence respiratoire à l'effort par rapport au repos. Le débit ventilatoire a donc augmenté à l'effort puisqu'il passe de 48,3 à 120,4 L/min.

On a mesuré chez une personne réalisant un effort physique d'intensité variable, différents paramètres physiologiques, cardiaques et respiratoires. Les résultats de ces mesures sont donnés dans le tableau suivant :

Exercice physique	Repos	Exercice peu intense	Exercice intense	Exercice très intense	Effort maximum
Puissance de l'effort (W)	0	100	150	200	250
Fréquence respiratoire **FR** (mouvements/min)	12	16	20	44	44
Volume courant **VC** (L/mouvement)	0,5	0,7	1	1,2	1,2
Débit ventilatoire DV (L/min)					
Fréquence cardiaque **FC** (bat/min)	60	90	120	190	190
Volume d'éjection systolique **VES** (ml/bat)	75	100	115	130	130
Débit cardiaque DC (L/min)					

1. Le tableau est incomplet. Le compléter en calculant tous les DV et tous les DC (en L/min).

2. Construire un graphique où, en fonction de la puissance de l'effort, vous tracerez deux courbes : l'une du DV, et l'autre du DC.

3. Résumer rapidement vos observations. Vous expliquerez en particulier l'allure des courbes au niveau de l'effort maximal.

Corrigé

1. → DV = FR × VC

Exercice physique	Repos	Exercice peu intense	Exercice intense	Exercice très intense	Effort maximum
Puissance de l'effort (W)	0	100	150	200	250
Débit ventilatoire **DV** (L/min)	6	11,2	20	52,8	52,8

→ DC = FC X VES

Exercice physique	Repos	Exercice peu intense	Exercice intense	Exercice très intense	Effort maximum
Puissance de l'effort (W)	0	100	150	200	250
VES en L/min	0,075	0,1	0,115	0,13	0,130
Débit cardiaque **DC** (L/min)	4,5	9	13,8	24,7	24,7

2. Graphe

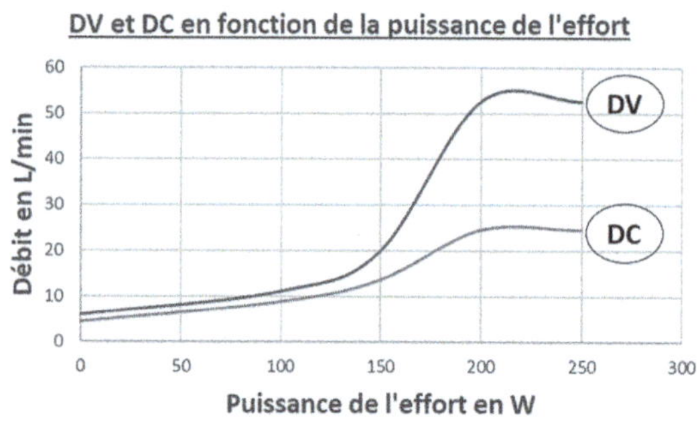

3. DC et DV augmentent avec la puissance de l'effort, jusqu'à 200 W. Au-delà de 200 W, le DC et le DV n'augmentent plus malgré la réalisation d'un effort plus intense : DC et DV ont atteint un palier. Ce palier maximum correspond au VO_2max, c'est-à-dire le volume maximal de dioxygène disponible.

Ce que je dois mobiliser

- Je dois bien connaître les formules de calcul du DC et du DV
- Je dois appliquer la méthode de réalisation d'un graphique (*voir chapitre 1*)
- Je dois réinvestir la notion de VO_2max

Le conseil

Faire attention aux unités

Le DC est en L/ min, or le VES est donné en ml/bat. Il faut donc transformer les ml/bat en L/bat AVANT d'appliquer la formule DC = FC × VES pour bien obtenir un DC en L/min.

Pour être sûr de ne pas s'être trompé, on peut réécrire la formule uniquement avec les unités :

DC = FC × VES

$$\frac{L}{min} = \frac{\cancel{bat}}{min} \times \frac{L}{\cancel{bat}}$$

Chapitre 10

Régulation de la pression artérielle et de la fréquence cardiaque

Problématique

- L'effort physique fait varier les paramètres cardiovasculaires tels que la pression artérielle et la fréquence cardiaque, afin de satisfaire les besoins croissants des muscles en dioxygène et en nutriments. Comment s'effectue la régulation de la pression artérielle et de la fréquence cardiaque ?

« *J'ai eu une crise cardiaque, ce qui prouve que j'ai un cœur.* »

Serge Gainsbourg
dans *Pensées, provocs et autres volutes*

« *Le cœur d'un homme bat moins vite si son battement n'a pas d'écho dans une autre poitrine.* »

Jules Claretie *dans La vie moderne au théâtre*

Points incontournables

- La pression artérielle peut varier au cours de la journée, mais elle revient assez vite à une valeur de référence propre à chaque individu.
- Ce sont les variations de la fréquence cardiaque qui font varier la pression artérielle, donc contrôler la fréquence cardiaque revient à contrôler la pression artérielle.
- La pression artérielle est une grandeur régulée grâce à une boucle de régulation nerveuse.

Les variations de la pression artérielle

La pression artérielle (PA) est un paramètre physiologique cardiaque. Elle correspond à la force qu'exerce le sang sur les parois des artères lors de sa circulation. Cette pression est mesurable et elle s'exprime en mmHg (= millimètre de mercure).

On distingue la PA systolique (PAs) de la PA diastolique (PAd). La PAs est la pression maximale exercée par le sang dans les artères, au moment où le cœur se contracte. La PAd est la pression minimale exercée par le sang dans les artères, lorsque le cœur relâché se remplit de sang depuis les veines.

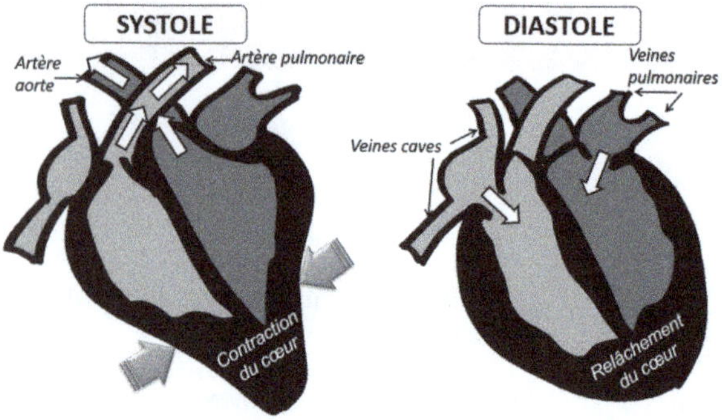

Le cœur en systole et en diastole

La PA augmente avec l'effort : le sang expulsé du cœur lors de la systole exerce une force plus grande sur la paroi des artères que celle développée au repos.

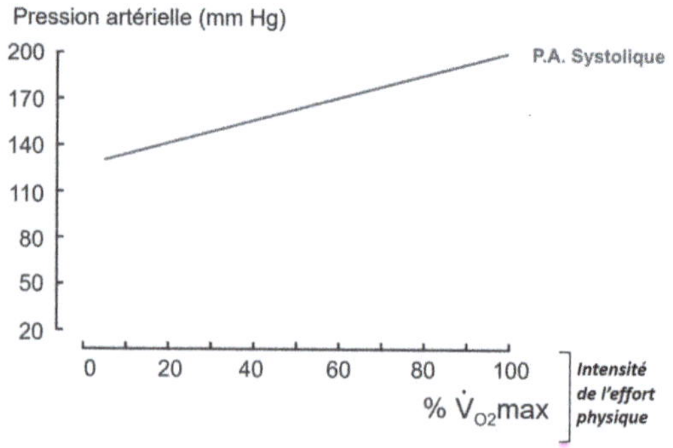

Évolution de la PA (en mmHg)
en fonction de l'intensité de l'effort physique

La PA varie aussi davantage lorsque l'on passe de la position couchée à la position debout. En effet, pendant le sommeil la PA est plus basse que durant la journée où l'on est actif. Les personnes sensibles à ces changements orthostatiques peuvent être victimes

Les mots à retenir

PA systolique : pression du sang dans les artères au moment où le cœur est en systole.
C'est la première valeur donnée lorsque l'on prend une tension artérielle :
→ **12** / 7

PA diastolique : pression du sang dans les artères au moment où le cœur est en diastole.
C'est la deuxième valeur donnée lorsque l'on prend une tension artérielle :
→ 12 / **7**

Les confusions à ne plus faire...

Hypertension artérielle où la PA est trop élevée
et
Hypotension artérielle où la PA est trop basse

d'étourdissement, la PA chutant alors d'un seul coup. On parle d'hypotension orthostatique : La PAs perd au minimum 20 mm Hg lors du passage à la position debout.

Les mots à retenir

Orthostatique : qui est relatif à la position debout.

Néanmoins, la PA revient très vite à sa valeur de référence et tout rentre dans l'ordre.

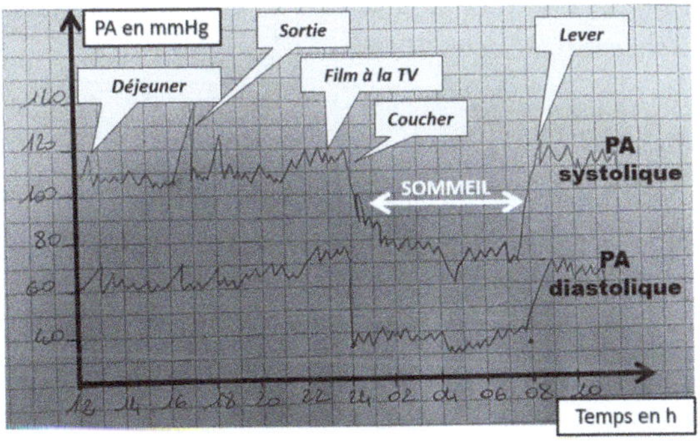

Variation de la PA tout au long d'une journée chez une personne de 35 ans

Même si certaines activités peuvent faire monter ou descendre la PA, celle-ci est toujours ramenée à une valeur moyenne qui est propre à chacun, en fonction de son âge, de son sexe, de sa corpulence, de son état de santé (individu souffrant d'hypertension artérielle par exemple)...

Âge	PA systolique (mmHg)	PA diastolique (mmHg)
1 à 12 mois	90	60
1 à 5 ans	95	65
6 à 13 ans	105	70
14 à 19 ans	117	77
20 à 24 ans	120	79
25 à 29 ans	121	80
30 à 34 ans	122	81
35 à 39 ans	123	82
40 à 44 ans	125	83
45 à 49 ans	127	84
50 à 54 ans	129	85
55 à 59 ans	131	86
60 à 64 ans	134	87

Évolution de la PA, en fonction de l'âge, chez une personne en bonne santé

La PA est une grandeur régulée, qui varie peu chez une personne en bonne santé.

Relation entre la fréquence cardiaque et la pression artérielle

La PA dépend du **débit cardiaque** (DC) et de la **résistance vasculaire** (R) qu'opposent les parois de l'artère à l'écoulement du sang.

Soit **PA = DC × R**

Or, on sait que le débit cardiaque dépend à la fois du volume d'éjection systolique (VES) et de la fréquence cardiaque (FC) (cf. chapitre précédent)

Donc on peut noter **PA = VES × FC × R**

La résistance R des vaisseaux sanguins à l'écoulement du sang ne va pas beaucoup varier chez un même individu. On peut considérer R comme une valeur constante. La PA dépend donc surtout de la FC.

Donc,

- si la FC augmente, la PA augmente ;
- si la FC diminue, la PA diminue aussi.

Si je peux réguler la FC, alors je régule la PA.
Comment est régulée la FC ?

Les mots à retenir

Résistance vasculaire : elle correspond à l'opposition de la paroi des vaisseaux sanguins à l'écoulement du sang. Comme pour tout liquide s'écoulant dans un tube, il existe une friction entre la paroi du tube et le liquide, ce qui freine le déplacement du liquide dans le tube.

La boucle de régulation nerveuse de la pression artérielle

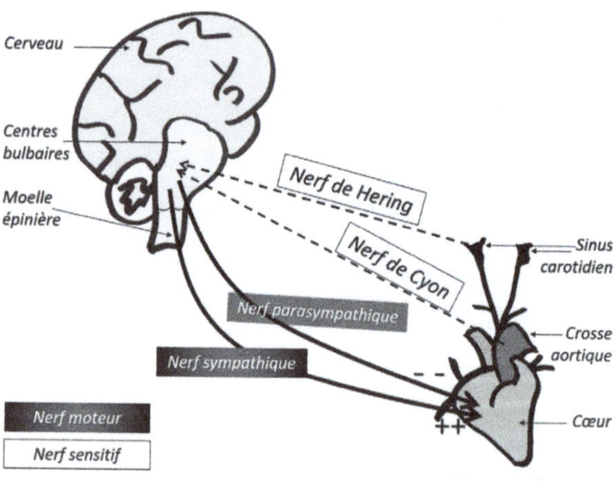

Innervation du cœur

Les mots à retenir

Nerf moteur : ensemble de fibres nerveuses qui transportent une commande motrice depuis le système nerveux central (cerveau + moelle épinière) vers un organe effecteur d'un mouvement (volontaire ou involontaire) comme le muscle.
Ex : le ***nerf X****, encore appelé* ***nerf vague****, ou* ***nerf parasympathique****, qui fait se contracter moins vite le muscle cardiaque.*

Nerf sensitif : ensemble de fibres nerveuses qui transportent des informations sensitives (liées à la perception d'un paramètre) depuis un récepteur sensoriel vers le système nerveux central.
Ex : le nerf de ***Hering****, qui transmet aux centres bulbaires du système nerveux central des informations sur la PA, depuis les barorécepteurs des sinus carotidiens.*

La FC est contrôlée par deux nerfs moteurs issus des centres nerveux :

- le **nerf parasympathique**
- le **nerf sympathique**

Lorsque le nerf parasympathique est en activité, le muscle cardiaque se contracte moins vite, et la FC diminue. La PA diminue donc elle aussi puisqu'elle dépend de la FC. Le nerf parasympathique a une action **cardio-modératrice**.

De la même façon, lorsque le nerf sympathique est en activité, le muscle cardiaque se contracte plus rapidement, et la FC s'accroît, ce qui fait augmenter la PA. Le nerf sympathique a une action **cardio-accélératrice**.

Comment sont contrôlés les nerfs sympathiques et parasympathiques ? Quels mécanismes activent ou ralentissent l'activité des nerfs moteurs ?

Les centres nerveux sont constamment renseignés sur la valeur de la PA. En effet, il existe dans le corps des récepteurs qui sont sensibles à la pression. On les appelle des **barorécepteurs**. Logés dans les sinus carotidiens et dans la crosse aortique, ils sont reliés aux centres bulbaires du système nerveux central par des nerfs sensitifs :

- le **nerf de Cyon** pour les barorécepteurs de la crosse aortique ;
- le **nerf de Hering** pour ceux des sinus carotidiens.

La communication avec les centres bulbaires se fait par la production de messages nerveux qui circulent dans les nerfs sensitifs.

La PA doit être maintenue dans d'étroites limites qui entourent une valeur de référence, ou valeur consigne : environ 120 mmHg pour la PA systolique, et 70 mmHg pour la PA diastolique. La régulation de la FC permet de maintenir la PA autour de cette valeur en l'augmentant ou la diminuant selon les besoins.

Les mots à retenir

Barorécepteur : Capteur sensible à la pression.
Étymologie : Le préfixe « baro » vient du grec ancien báros (=pesanteur), ce qui implique l'idée de gravité, de pression.
Les barorécepteurs se situent dans la paroi de certains vaisseaux sanguins. Lorsque la pression artérielle augmente, la paroi des vaisseaux sanguins s'étire (elle est élastique) et le barorécepteur perçoit cet étirement, reflet de la pression exercée sur la paroi artérielle.
Le barorécepteur renseigne alors le système nerveux central sur la PA, par l'intermédiaire d'un nerf sensitif.

1. Cas d'une hypertension : PA trop élevée

- Les barorécepteurs sont stimulés, et de nombreux messages nerveux sensitifs parviennent aux centres bulbaires par les nerfs sensitifs (Cyon et Hering).
- Les centres bulbaires augmentent alors l'activité du nerf parasympathique et diminuent celle du nerf sympathique.
- Le nerf parasympathique renforce donc son contrôle cardio-modérateur de la FC.
- Le nerf sympathique diminue quant à lui son action cardio-accélératrice.

→ *Le cœur se contracte moins vite : la FC ralentit et la PA diminue, pour revenir vers la valeur de référence.*

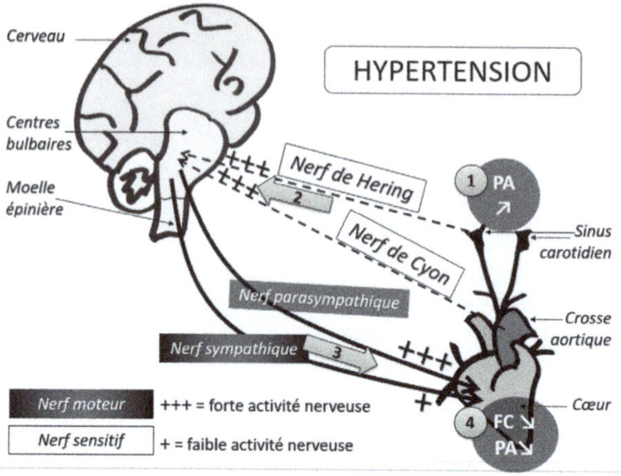

Boucle de régulation nerveuse de la PA lors d'une hypertension

Les mots à retenir

Une boucle de régulation Dispositif constitué d'un ou de plusieurs **capteurs** (les **barorécepteurs**) mesurant une **grandeur physique** à contrôler (**PA**), fournissant ainsi les données nécessaires au **système de commande** (**centres bulbaire** du système nerveux central) de modifier cette grandeur en agissant sur un **organe effecteur** (**muscle cardiaque**). Des éléments de communication relient tous ces différents systèmes entre eux (**nerfs moteurs et sensitifs**).

2. Cas d'une hypotension : PA trop basse

- Les barorécepteurs ne sont pas stimulés, donc il y a peu de messages nerveux sensitifs transmis aux centres bulbaires.
- Les centres bulbaires vont alors stimuler davantage l'activité du nerf sympathique, et ralentir celle du nerf parasympathique.
- Le nerf sympathique renforce donc son action cardio-accélératrice, tandis que le nerf parasympathique diminue son action cardio-modératrice.

→ *Le cœur se contracte plus vite, et la FC s'accroît, ce qui conduit à l'augmentation de la PA vers la valeur de référence.*

Les confusions à ne plus faire…

Une Hypertension ponctuelle, due à un effort physique par exemple, et que la boucle de régulation nerveuse va ramener à une valeur plus basse.

Et

Une hypertension artérielle chronique, qui est une maladie. Dans ce cas, c'est la valeur de consigne qui est trop haute, et la boucle de régulation nerveuse ramènera la PA près de cette valeur de référence trop élevée.

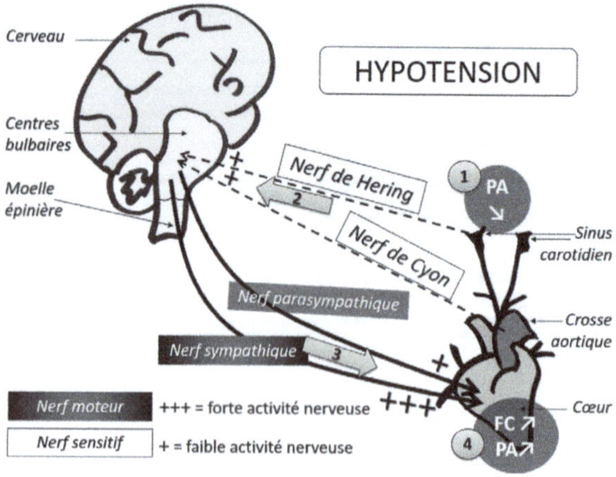

Boucle de régulation nerveuse de la PA lors d'une hypotension

Le contrôle constant du rythme de contraction du muscle cardiaque (de la FC) est donc accompli par le système nerveux, grâce à une boucle réflexe (car involontaire et rapide) de régulation nerveuse. Cette boucle permet de maintenir la PA dans d'étroites limites autour d'une valeur consigne, limites dont l'organisme s'éloigne davantage lors d'un effort physique.

Je me teste !

1. Expliquer comment l'organisme répond à une hausse de la pression artérielle.

....

2. Expliquer pourquoi un malaise (vagal) peut survenir lorsque le nerf parasympathique est trop stimulé.

....

3. Expliquer l'action des nerfs parasympathique et sympathique sur la pression artérielle.

....

Dernière minute

La PA est une grandeur sans cesse régulée autour d'une valeur de consigne, grâce à une boucle réflexe de régulation nerveuse, faisant intervenir des barorécepteurs, les centres bulbaires, des nerfs sensitifs et des nerfs moteurs. La régulation de la PA se fait à travers la régulation de la FC, la PA dépendant de la FC.

Je lis, je surfe !

- Document vidéo sur le rythme cardiaque et sa régulation : https ://www. reseau-canope. fr/corpus/video/le-rythme-cardiaque-49.html
- Site internet : https ://www.inserm.fr/information-en-sante/dossiers-information/hypertension-arterielle-hta
  ↪ Des informations précises sur l'hypertension artérielle, ses causes et ses conséquences sur la santé.
- Animation sur la boucle de régulation de la pression artérielle : http://www.ac-nice.fr/svt/productions/freeware/regulpan/
  ↪ Cette animation permet de réaliser virtuellement toutes les expériences de stimulation et de section de nerf pour comprendre la boucle de régulation nerveuse de la PA.

Exploiter des résultats expérimentaux

1. Énoncer l'objectif de l'expérience et ce qui est réalisé

« Cette expérience a pour but de... » ; « On utilise pour mener à bien cette expérience la méthode Y, le matériel Z... »

2. Décrire les résultats de l'expérience

« Je vois que... » ; « Je peux observer que... »

Dans cette phase, il ne faut pas interpréter, seulement relater les résultats, en restant fidèle à ce que l'on voit, sans essayer d'expliquer.

3. Interpréter les résultats observés

« J'en déduis que... »

On essaie d'expliquer la signification de ces résultats.

Cette phase peut nécessiter l'utilisation d'informations apprises précédemment, ou données dans un document annexe. On ajoute alors dans son raisonnement une phrase qui peut commencer par *« Or, je sais que... »*

4. Rédiger une conclusion

« Je peux donc en conclure que... »

Une expérience étant généralement menée suite à l'émission d'une hypothèse, on va dire dans la conclusion si l'expérience permet de valider l'hypothèse ou pas.

Le conseil du prof

Lorsque l'expérience comprend plusieurs manipulations, interpréter les résultats au fur et à mesure afin de ne rien oublier et de ne pas tout mélanger. La synthèse de toutes les interprétations partielles sera alors faite dans la conclusion.

Ça peut tomber !

Un patient consulte un médecin spécialiste de la cardiologie car il a perdu connaissance après avoir resserré son nœud de cravate. Le spécialiste suspecte une hypersensibilité (= sensibilité plus haute que la moyenne) du sinus carotidien. Il pratique alors un massage au niveau de la carotide pour vérifier son hypothèse. Un électrocardiogramme est fait pendant toute la durée de l'examen.
(Documents donnés : l'électrocardiogramme en question avec un texte expliquant l'hypersensibilité du sinus carotidien).
Q : A l'aide des documents, valider ou invalider l'hypothèse du cardiologue.

→ Ici, le résultat est sous forme de graphique. Il faut donc bien le lire, distinguer différentes phases. = « Je vois que »

→ Ensuite, on interprète les différentes phases mises en évidence (« j'en déduis que »), en utilisant les données du texte (= « or, je sais que... donc, j'en déduis que... »)

→ La conclusion devra porter sur l'hypothèse du médecin : « donc, l'hypothèse est validée – ou non validée »

On travaille sur les quatre nerfs de l'innervation cardiaque (Cyon, Hering, Parasympathique et Sympathique). On réalise sur ces nerfs des expériences de stimulation électriques, avec des stimulations centrales (du côté du cerveau) et des stimulations périphériques (du côté du cœur). Ces expériences sont faites sur quatre animaux différents, dont on a sectionné à chacun un seul de ces quatre nerfs.
(Un tableau donne les résultats des expériences).
Q : A partir de l'analyse des résultats expérimentaux, déduire quels sont les nerfs moteurs et les nerfs sensitifs parmi les quatre nerfs étudiés.

→ Reprendre chaque résultat expérimental (« je vois que ») et les interpréter au fur et à mesure (« j'en déduis que »).

→ Reprendre toutes les interprétations partielles pour en déduire dans la conclusion la nature de chaque nerf : moteur ou sensitif.

Un exemple appliqué

Des expériences de section et de stimulation réalisées sur des nerfs cardiaques

Les expériences représentées sur le schéma ci-dessous ont été réalisées afin de comprendre le rôle du nerf X et du nerf de Hering.

On a d'abord sectionné les nerfs, puis on les a stimulé électriquement de part et d'autre de la section.

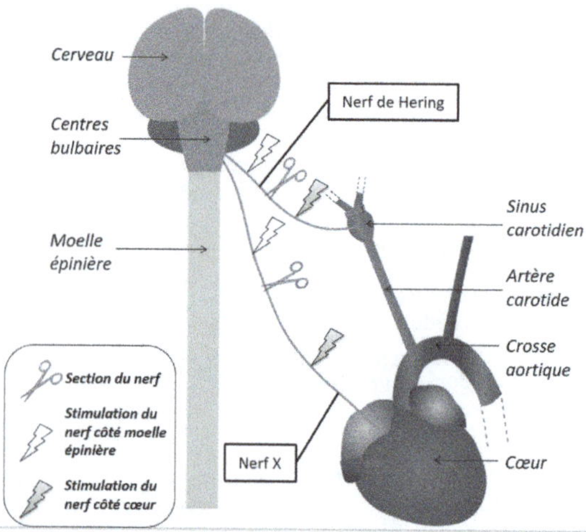

(à partir de l'animation Régulpan)

Je gagne des points !
- Savoir qu'une section de nerf engendre un résultat opposé à celui obtenu lorsque le nerf est intact.
- Savoir aussi qu'une stimulation révèle le sens de circulation des messages nerveux dans le nerf stimulé. Si la stimulation est sans effet, c'est que les messages nerveux ne circulent pas dans le sens testé.

Je gagne des points !
- Repérer sur le schéma le côté moelle épinière et le côté cœur des deux nerfs.
- Repérer aussi les différents sens possibles de circulation des messages nerveux.

Les résultats des diverses sections et stimulations nerveuses sont notés dans le tableau ci-dessous :

Expériences	Localisation	Effet dans l'artère carotide
Sections	Nerf de Hering	PA ↗
	Nerf X	PA ↗
Stimulations électriques	Nerf de Hering (côté cœur)	Pas de modification de la PA
	Nerf de Hering (côté moelle ép.)	PA ↘
	Nerf X (côté cœur)	PA ↘
	Nerf X (côté moelle ép.)	Pas de modification de la PA

Exploiter les résultats expérimentaux de section et de stimulation afin de définir le rôle du nerf X et du nerf de Hering.

Corrigé

Cette expérience a pour but de montrer le rôle du nerf X et du nerf de Hering. On pratique pour cela des sections et des stimulations électriques des deux nerfs.

Je peux observer que les sections du nerf de Hering et du nerf X engendrent une augmentation de la PA.

→ J'en déduis donc que ces deux nerfs ont une action cardio-modératrice de la PA (puisque sans ces nerfs, la PA augmente).

J'observe que la stimulation du nerf de Hering côté cœur ne provoque aucun effet, contrairement à celle pratiquée du côté de la moelle épinière.

→ J'en déduis donc que le message nerveux obtenu par la stimulation du nerf de Hering ne se dirige pas vers le sinus carotidien mais vers les centres bulbaires (puisque seule la stimulation côté moelle déclenche une variation de la PA)

De la même façon, **j'observe que** la stimulation du nerf X côté moelle épinière ne provoque aucun effet, contrairement à celle pratiquée côté cœur.

→ J'en déduis que le message nerveux obtenu par la stimulation du nerf X ne se dirige pas vers les centres bulbaires mais vers le cœur.

En conclusion, le nerf X et le nerf de Hering sont des nerfs appartenant à la boucle nerveuse de régulation de la PA.

Le nerf de Hering, dans lequel les messages nerveux circulent vers les centres bulbaires, est un nerf sensitif. Le nerf X, dont les messages nerveux circulent vers le cœur, est un nerf moteur. De plus, le nerf X est cardio-modérateur, puisque nous avons montré qu'il était impliqué dans la baisse de la PA.

La notion de boucle de régulation se rencontre dans de nombreux éléments de la vie courante : par exemple, la régulation de la température dans une habitation.

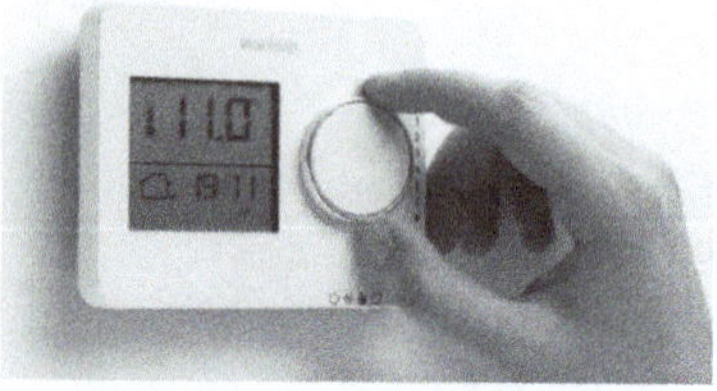

Un thermostat dans une maison

Dans le cas du chauffage d'une maison, un thermomètre est utilisé pour mesurer la température. Ce dernier envoie les informations captées au thermostat, le système de commande. Le radiateur s'enclenchera ou non en fonction des informations reçues par le thermostat. L'ensemble des éléments est relié par des fils électriques.

Comparer sous forme d'un tableau le système de chauffage et la pression artérielle. Les éléments à comparer sont :

- *le paramètre à réguler ;*
- *le(s) capteur(s) ;*
- *le système de commande ;*
- *l'effecteur ;*
- *le système de communication entre les éléments du système.*

Corrigé

	Chauffage	Pression artérielle
Paramètre à réguler	Température	Pression artérielle
Capteur(s)	Thermomètre	Barorécepteurs (sinus carotidien et crosse aortique)
Système de commande	Thermostat	Centres bulbaires (système nerveux central)
Effecteur	Radiateur	Cœur
Système de communication	Fils électriques	Nerfs

Tableau comparatif de deux boucles de régulation

Ce que je dois mobiliser

Bien avoir compris le rôle de chaque élément dans la boucle de régulation :

- Qu'est-ce qui est mesuré ? (PA)
- Qui mesure ? (barorécepteur)
- Qui commande ? (bulbe)
- Qui fait ? (cœur)
- Qui assure la communication ? (nerfs)

Le conseil

Pour la température de la maison, **bien lire le texte,** et en particulier les **verbes**, pour reconstruire la boucle de régulation

- le thermomètre **mesure**, c'est donc le capteur.
- la température **est mesurée**, c'est donc le paramètre
- Le radiateur **s'enclenchera** ou non, c'est donc l'effecteur.
- les fils électriques **relient** les éléments, ils permettent donc la communication entre ces éléments.
- pour le thermostat, c'est clairement noté dans le texte : système de commande.

Chapitre 11

Pratiquer une activité physique en préservant sa santé

Problématique

- Comment expliquer les accidents musculaires et articulaires qui peuvent se produire au cours d'un exercice physique ? Comment préserver sa santé lors de la pratique d'un sport ?

« *Pour moi, l'essentiel, dans le sport, c'est le dépassement de soi auquel il nous oblige sans cesse.* »

Nancy Horowitz Kleinbaum,
Le cercle des poètes disparus

Points incontournables

- Les muscles squelettiques, les tendons et les articulations sont les acteurs du mouvement. Fragiles, ils doivent être protégés.
- Lorsque les muscles se contractent pour effectuer un mouvement, ils tirent sur les tendons qui font jouer une articulation.
- Les blessures sont souvent liées à des pratiques sportives inadaptées et/ou dangereuses, qui augmentent la fragilité du système musculo-articulaire, pouvant alors provoquer un accident.

Les organes du mouvement : un système fragile

L'appareil musculo-articulaire est composé de muscles striés, d'os, de tendons et de ligaments.

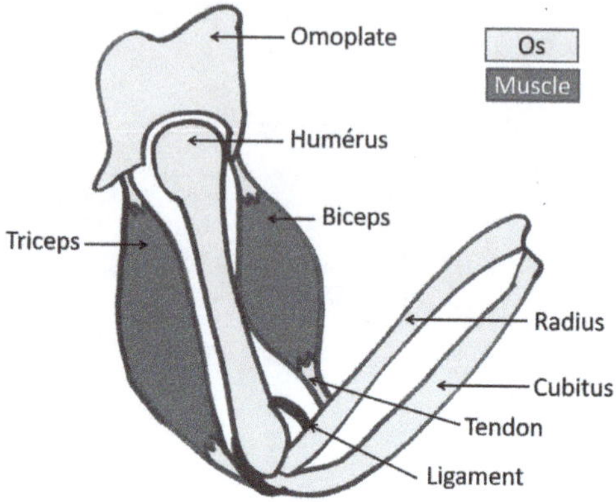

Anatomie du bras

Des accidents peuvent toucher toutes ces structures :

- Fracture des os : un choc violent sur un membre peut conduire à la cassure d'un os en deux

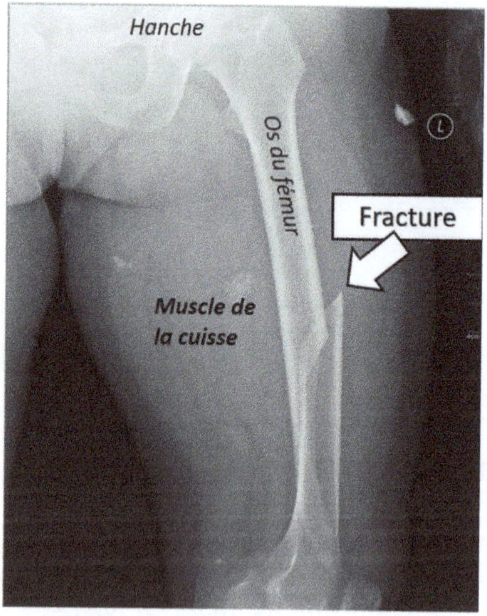

Fracture du fémur, visible aux rayons X lors d'une radiographie (D'après Nevit Dilmen)

Les mots à retenir

Muscle strié : Tissu musculaire caractérisé par la présence de stries en microscopie, du fait de l'organisation régulière des filaments. Il peut désigner deux types de muscles différents : le muscle strié squelettique, le muscle strié cardiaque.

Ligament : Faisceau de tissu fibreux blanchâtre, très résistant, unissant les os dans une articulation.

Tendon : Organe conjonctif fibreux, blanc nacré, grâce auquel un muscle s'insère sur un os.

- Elongation et déchirure musculaire : la structure profonde du muscle est dans ce cas endommagée. Cela se produit lorsque le muscle est étiré de manière anormale par des mouvements d'extension répétés (cas d'un tennisman qui modifie sans arrêt ses appuis au sol, sautille beaucoup sur place par exemple). Le muscle est d'abord très étiré (=élongation) puis, lorsque les fibres musculaires sont étirées au maximum de leurs possibilités, elles rompent, et c'est la déchirure musculaire.
- Etirement et rupture d'un ligament ou d'un tendon. Lorsqu'une articulation subit un choc, lors d'une mauvaise réception après un saut par exemple, les ligaments peuvent être violemment étirés : c'est l'entorse. La personne ne peut pas utiliser son pied et doit attendre que le ligament reprennent sa forme initiale en maintenant le pied immobile. Lorsque l'entorse est légère, on parle plutôt de foulure.

Les confusions à ne plus faire...

Entorse et luxation : une entorse concerne les ligaments (trop étirés), alors que la luxation concerne les os (déboitement).

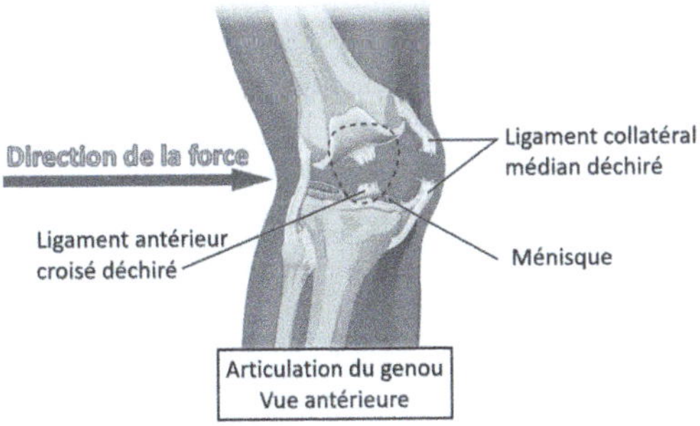

Rupture de ligaments au niveau du genou
(d'après OpenStax College)

- Déboîtement des os au niveau d'une articulation. Une pression trop forte exercée sur une articulation peut amener les deux os de cette articulation à se désolidariser l'un de l'autre. On appelle cela une luxation. Cela se produit lors d'un choc, d'une chute directe sur un membre tendu, comme lorsqu'un judoka tombe sur son épaule.

Tous les éléments constitutifs de l'appareil musculo-articulaire sont fragiles et peuvent être abîmés lorsqu'ils sont beaucoup sollicités comme c'est le cas dans la pratique d'un sport. Les blessures rendent le mouvement souvent très douloureux, voire impossible à réaliser. Comment s'effectue un mouvement ?

Réaliser un mouvement

1. Le muscle strié squelettique

Le muscle est l'organe effecteur du mouvement car il est contractile, c'est-à-dire qu'il a la capacité de se contracter. Rattaché au squelette par les tendons, il met donc les os en mouvement lorsqu'il se contracte (ou se relâche), d'où son appellation de muscle squelettique.

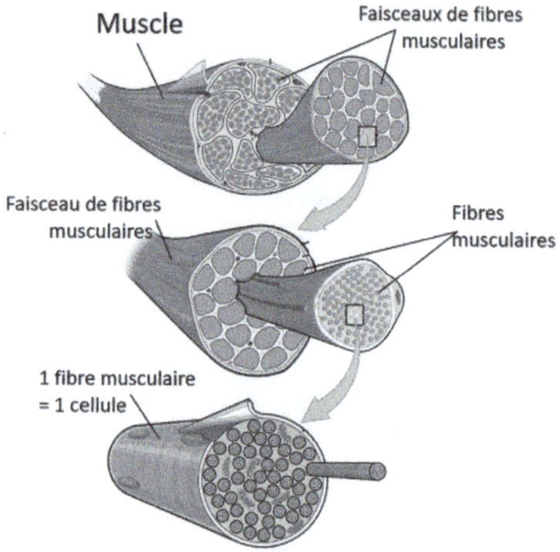

Organisation du muscle strié squelettique
(d'après OpenStax College)

Les mots à retenir

Fibre musculaire : Chaque fibre d'un muscle squelettique correspond à une cellule. Cette cellule musculaire peut mesurer de 2 à 5 cm de long et 20 à 100 µm de diamètre. C'est cette grande longueur qui est à l'origine du terme de **fibre** musculaire. Chaque cellule musculaire possède plusieurs noyaux, contrairement à une cellule « classique », car elles sont nées de la fusion de plusieurs myoblastes (=cellules souches à l'origine des muscles squelettiques dans l'embryon).

Comment s'effectue la contraction musculaire ?

Le tissu musculaire est constitué de fibres musculaires, chacune étant en réalité une cellule très allongée, de la longueur du muscle qui les possède. La cellule musculaire a cette capacité de contraction : elle peut se raccourcir, puis revenir à sa taille initiale en se relâchant.

- Lorsque toutes les fibres d'un muscle se contractent, le muscle entier se raccourcit, ce qui a pour effet de ramener les os (reliés par les tendons au muscle) l'un vers l'autre. La contraction musculaire exerce donc une tension sur les tendons, qui tirent sur les os, ce qui les fait bouger l'un par rapport à l'autre, créant ainsi un mouvement de flexion.

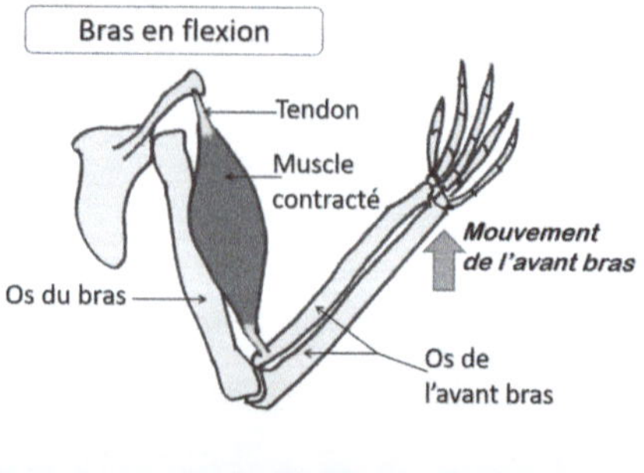

- À l'inverse, lorsque toutes les fibres musculaires se relâchent, le muscle entier se relâche aussi : il s'allonge et les os reliés par les tendons au muscle se trouvent éloignés l'un de l'autre. À nouveau, les os se déplacent l'un par rapport à l'autre. Le mouvement créé est une extension. Il est opposé à celui engendré par la contraction musculaire.

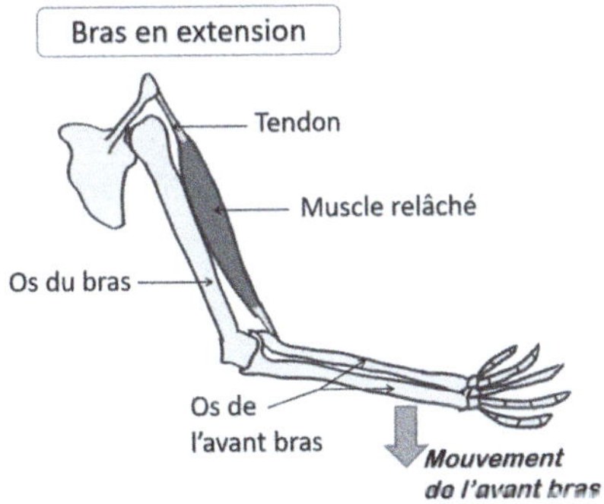

Remarque : les muscles ne travaillent pas seuls au niveau d'un membre : ils sont associés deux par deux : le muscle extenseur (exemple : le triceps) et le muscle fléchisseur (exemple : le biceps). Ils sont antagonistes, c'est-à-dire qu'ils fonctionnent à l'opposé l'un de l'autre :

- quand le biceps (fléchisseur) est contracté, le triceps est relâché, et le bras est en flexion.

→ Exemple de mouvement de flexion : le coup droit du tennisman. (voir schéma ci-dessous)

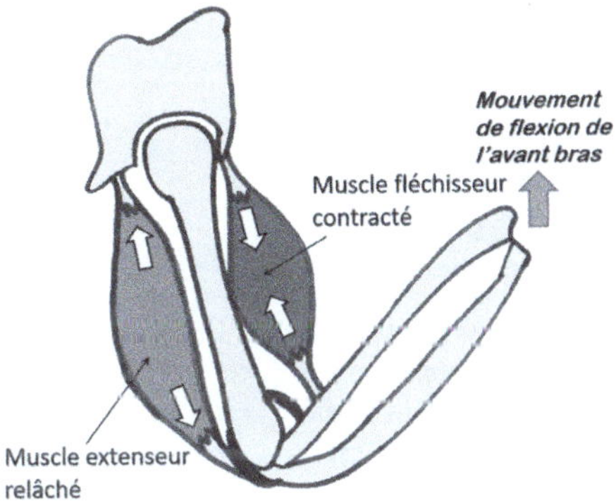

Les muscles antagonistes du bras, en flexion

- quand le triceps (extenseur) est contracté, le biceps est relâché, et le bras est en extension.

→ Exemple de mouvement d'extension : le revers du tennisman.

Les confusions à ne plus faire...

Flexion et extension : La flexion est un mouvement par lequel une chose (ici un membre) fléchit, alors que l'extension est le mouvement opposé : le membre s'étend.

Ligament et tendon : les ligaments relient les os entre eux alors que les tendons relient les muscles aux os.

2. L'articulation

Elle se situe entre les deux os d'un membre, permettant qu'ils s'emboîtent, sans qu'ils soient en contact direct l'un avec l'autre. Elle facilite les déplacements osseux, en même temps qu'elle en limite (voire empêche) certains. L'articulation exerce un réel contrôle sur le mouvement.

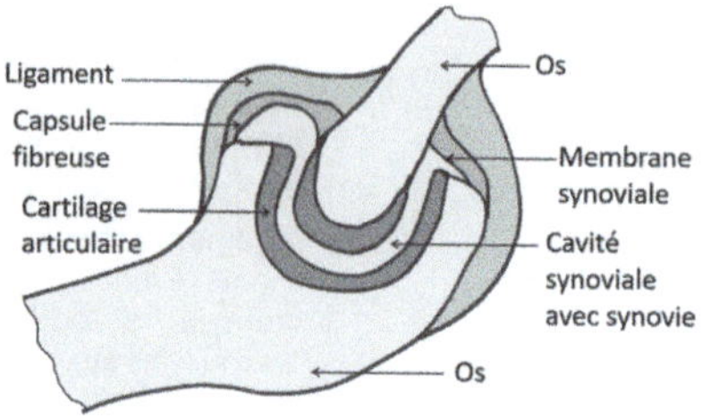

Structure anatomique d'une articulation mobile

Ce sont les ligaments qui relient les os au niveau de l'articulation. Fibres résistantes mais non élastiques, les ligaments, contrairement aux muscles, ne peuvent pas s'étirer. Leur rôle est de maintenir les os ensemble. Lorsque les ligaments sont rompus, les os se déplacent de manière totalement incontrôlée et le mouvement n'est plus possible.

Les mots à retenir

Synovie : Liquide biologique visqueux, d'aspect filant qui lubrifie les articulations mobiles : La synovie limite la friction des os entre eux et amortit les chocs.

Cartilage articulaire : Tissu à la fois souple et dur, blanc nacré et lisse, qui recouvre l'extrémité d'un os en continuité avec un autre os pour former une articulation.

De bonnes pratiques sportives

1. Bien s'échauffer

L'échauffement est une phase de transition entre le repos et l'effort. Il a pour but de préparer physiquement (et mentalement) l'athlète à son activité sportive. Il met progressivement en condition l'organisme.

L'un des effets principaux de l'échauffement est d'élever la température du corps et des muscles qui seront sollicités pendant l'activité physique.

En effet, à froid, notre corps n'est pas dans de bonnes conditions pour réaliser une activité physique : les articulations sont peu mobiles (comme rouillées), les muscles sont raides, le cœur est au repos et la respiration lente. En changeant brutalement de cadence, c'est-à-dire en démarrant directement l'activité sportive sans échauffement préalable, nos articulations peinent, le cœur ne monte pas assez vite en fréquence et la respiration n'atteint pas le rythme nécessaire pour apporter les éléments dont les muscles ont besoin (oxygène et nutriments). Dans ces conditions, il est très facile de se blesser.

Avec l'échauffement, le système musculo-articulaire est progressivement mieux irrigué et assoupli. Il pourra fonctionner de manière plus fluide, sans risque de blessure lors d'une sollicitation plus intense. Les capacités mécaniques des membres, ainsi que leur coordination sont bien meilleures. Autrement dit, s'échauffer permet aussi d'améliorer les performances physiques.

2. Bien récupérer après l'effort

Un muscle à l'effort augmente beaucoup son métabolisme. Il consomme donc plus de nutriments et de dioxygène pour produire toute l'énergie dont il a besoin. Les réserves musculaires en glucides (glycogène) s'épuisent donc. En même temps, le muscle produit beaucoup plus de déchets métaboliques (comme l'acide lactique) dont il va falloir se débarrasser. Il perd aussi beaucoup d'eau et de minéraux : le muscle se déshydrate.

Les mots à retenir

Glycogène : glucide complexe, polymère de glucose. Il s'agit donc d'une molécule complexe formée de plusieurs molécules de glucose reliées les unes aux autres.

Joueur de hockey après un match (Johnmaxmena2)

La récupération est l'ensemble des processus mis en œuvre permettant au sportif de retrouver l'intégrité de ses moyens physiques. C'est une phase nécessaire à la reconstruction de l'organisme après un effort : recharger les réserves glucidiques des cellules musculaires, les réhydrater, éliminer les déchets accumulés...

- Boire de l'eau facilite tout cela, surtout s'il s'agit d'une eau très minéralisée.
- Consommer des aliments sucrés recharge les réserves glucidiques musculaires
- Consommer des aliments riches en protéines reconstitue la masse musculaire
- S'étirer et se reposer diminue la fatigue musculaire et articulaire.

Négliger l'échauffement ou la phase de récupération augmente considérablement les risques de blessure et peut avoir des effets néfastes sur l'organisme.

Des pratiques sportives inadaptées ou dangereuses sont à l'origine d'accidents

1. Le syndrome du surentraînement

Il désigne un excès d'entraînement sportif pouvant être préjudiciable au sportif. Le surentraînement peut se manifester par une simple baisse de la forme et de l'envie de pratiquer son activité sportive, mais il peut aller jusqu'à la perte totale de la motivation. Il affaiblit le corps et augmente le risque de blessure. En plus de la baisse des performances physiques, le surentraînement est à l'origine de diverses manifestations cliniques comme une fatigue persistante, des troubles du sommeil, des troubles cardio-respiratoires...

2) Le dopage

Il consiste à absorber des substances ou à utiliser des actes médicaux (autotransfusion sanguine) afin d'augmenter artificiellement ses capacités physiques ou mentales. Non seulement cette pratique est contraire à l'éthique sportive, illégale, mais elle est dangereuse pour la santé.

Par exemple, certains produits dopants, comme les stéroïdes anabolisants, augmentent la masse musculaire.

	Diamètre du muscle gastrocnémien[1] (en cm)	Volume du muscle gastrocnémien (en cm^3)	Diamètre du tendon calcanéen[2] (en cm)
Sportif ***n'ayant pas consommé*** de stéroïdes anabolisants	13	2653	1
Sportif ***ayant consommé*** des stéroïdes anabolisants	15	3532	1

1 Le muscle gastrocnémien est le muscle du mollet
2 Le tendon calcanéen, ou tendon d'Achille, est celui qui rattache le muscle gastrocnémien à l'os du talon, le calcanéum

Effet des stéroïdes anabolisants sur le muscle et le tendon du mollet

Avoir plus de muscle permet de développer davantage de force musculaire, et donc d'améliorer ses performances physiques. Cependant, les tendons qui rattachent les muscles aux os n'augmentent pas de volume. Et il arrive souvent que les tendons de sportifs ayant pris des anabolisants se déchirent, ne pouvant supporter une masse musculaire trop importante.

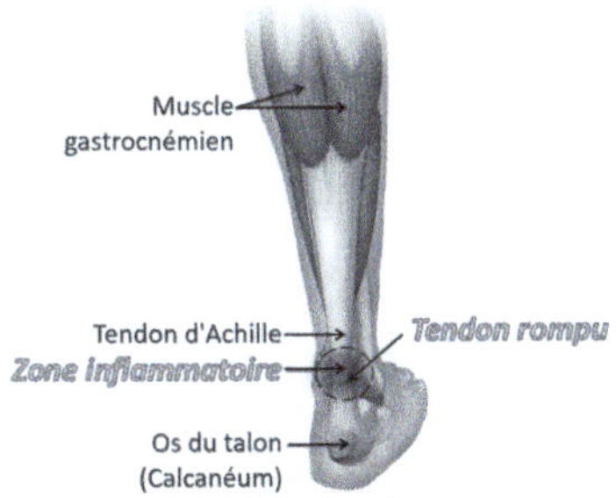

Anatomie du mollet avec rupture du tendon d'Achille

Pratiquer une activité sportive a des effets bénéfiques sur la santé. Néanmoins, les risques de blessures et d'accidents sont toujours possibles. Ils peuvent être minimisés par une bonne compréhension du fonctionnement de l'organisme et par un respect des règles de sécurité propres à chaque sport.

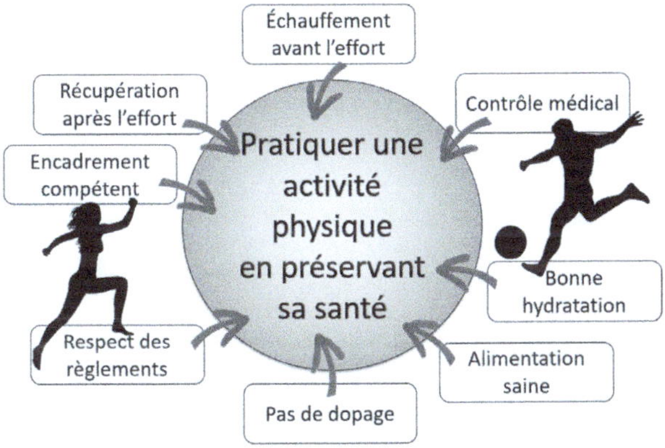

Je me teste !

1. Expliquer comment une luxation peut limiter le mouvement.

....

2. Expliquer comment l'échauffement peut préparer l'appareil musculo-articulaire à réaliser un effort physique.

....

3. Expliquer pourquoi une substance anabolisante est dangereuse pour l'appareil musculo-articulaire.

....

Dernière minute

Les muscles, les tendons et les articulations sont les éléments essentiels à la réalisation d'un mouvement. Une blessure à leur encontre rend le mouvement très douloureux voire impossible à faire.

Le mouvement est contrôlé : la contraction musculaire tire sur les tendons ce qui fait jouer une articulation et met deux os en mouvement.

Des pratiques sportives inadaptées ou dangereuses fragilisent le système musculo-articulaire et augmentent le risque de blessure.

Je lis, je surfe !

- Vidéo C'est pas sorcier : « Muscles et souplesse, c'est pas d'la gonflette ! » : https://www.youtube.com/watch?v=XKwLo8 HKE5Y
- Vidéo-animation sur le dopage : https://www.youtube.com/watch?v=smJNrfT6oWw
- Vidéo : reportage France info sur les effets du dopage sur les performances sportives. https://www.francetvinfo.fr/sports/dopage/video-ils-se-dopent-volontairement-pendant-un-mois-l-effet-est-spectaculaire_893529.html Il faut regarder la vidéo intégrale, un peu plus bas sur la page.

Vérifier la bonne compréhension d'une consigne

Réussir un exercice débute avec la compréhension de la consigne. Savoir parfaitement son cours ne sert à rien si on ne comprend pas ce que l'on attend de nous, au final. Le risque de faire un « hors sujet » est alors plus grand.

1. **Lire la consigne en entier**, pour éviter de partir dans une mauvaise direction, surtout lorsque la consigne est multiple, c'est-à-dire lorsqu'elle comprend plusieurs indications.

2. Identifier le type de consigne :
- Qui / Que / Quand / Où / Combien à on attend une **information**
- Comment / En quoi / Pourquoi à on attend une **analyse**
- Encadrer / Nommer / Souligner à on demande de **réaliser** une action

3. Identifier les différentes parties de la consigne :
- **Verbe d'action** : « *expliquer...* »
- **Objectif** : « *l'effet de la maladie...* »
- **Document à utiliser** : « *à partir du document 1...* »
- **Connaissance à utiliser** : « *en identifiant les besoins du muscle au repos...* »

4. Comprendre le sens des verbes :
- **Citer / Indiquer** : énoncer précisément un ou plusieurs éléments, sans donner spécialement d'explication
- **Comparer** : présenter les points communs et les différences entre plusieurs éléments
- **Conclure** : résumer les éléments de sa démarche dans un petit bilan
- **Décrire** : présenter ce que l'on voit de façon précise sans donner d'explication particulière
- **Expliquer** : faire comprendre un phénomène en reliant la cause et la conséquence
- **Exploiter un document** : décrire le document puis faire une déduction à partir des informations qu'il contient
- **Identifier** : déterminer la nature d'un élément
- **Justifier** : trouver dans ses connaissances et/ou dans les documents donnés avec la consigne, des éléments qui montrent la réalité d'une affirmation.
- **Montrer / Démontrer / Prouver** : retrouver par un raisonnement le résultat énoncé dans la consigne.

Le conseil du prof

Surligner ou souligner avec des couleurs distinctes les différentes parties de la consigne.

Entourer les mots-clés, en particulier les verbes qui vont vous guider dans le travail précis à faire.

Ça peut tomber !

- Les ligaments de l'articulation du genoux peuvent se rompre. Après avoir rappelé les conséquences de la rupture d'un ligament sur la réalisation d'un mouvement, expliquer quelles sont les pratiques inadaptées qui peuvent favoriser les accidents de l'appareil musculo-articulaire.
- À l'aide des documents et de vos connaissances, expliquez l'origine de la douleur perçue lors de l'extension de la main chez une personne atteinte de « tennis-elbow ».
- À partir des documents, décrire les types de blessure qui font souffrir les sprinteurs.

Un exemple appliqué

Effets des substances dopantes et de l'échauffement sur une activité physique

À partir du document ci-dessous, créer un tableau synthétique présentant les pratiques sportives à risques et leurs conséquences éventuelles sur les différents organes.

Document : *texte présentant différentes pratiques sportives à risque : dopage, exercices trop intenses (surentraînement) et échauffement insuffisant*

1. **Je lis la consigne et je l'identifie** : elle est simple : un seul verbe : ***créer*** (un tableau). C'est ce que je dois faire : réaliser un tableau.
2. **Identifier les différents éléments de la consigne :**

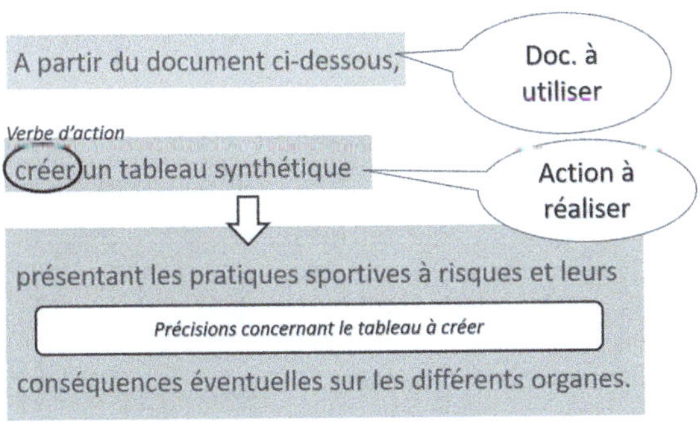

3. **Créer le tableau**

Tableau représentant quelques pratiques à risques dans le sport et leurs conséquences sur l'organisme.		
Pratique présentant un risque pour l'organisme	Organe(s) touché(s)	Conséquences de cette pratique
Dopage	A compléter avec les informations du document donné	
Échauffement insuffisant		
Surentraînement		

Des blessures célèbres !

La pratique du football présente des risques de traumatismes, de chocs, de chutes ou de contacts entre partenaires ou adversaires.

À partir de ces exemples d'accidents, identifier les organes qui interviennent dans le mouvement. À l'aide de vos connaissances, vous préciserez leurs relations anatomiques.

Accident n° 1 : *Zinedine Zidane* **: déchirure du quadriceps**

Le capitaine de l'équipe de France s'est blessé le 26 mai 2002, lors d'une rencontre amicale contre la Corée du Sud, en match préparatoire de la coupe du Monde. Il ressentit une douleur vive à la cuisse gauche due à une déchirure du muscle quadriceps. Les joueurs de foot doivent effectuer des sprints répétés au cours desquels les quadriceps sont très sollicités. La contraction et le relâchement musculaire au cours d'efforts violents poussent parfois les muscles à s'étirer au-delà de leur limite d'élasticité. Dans ces conditions, le muscle peut se déchirer.

Auteur : Hadi Abyar

Accident n° 2 : *Robert Pires* **: lésion du ligament croisé antérieur du genou**

Le 23 mars 2002, lors d'un quart de finale de la Cup, en Angleterre, le joueur d'Arsenal effectue un petit saut anodin au-dessus d'un défenseur pour éviter un tacle. En retombant sur sa jambe droite, son genou pivote. Le diagnostic est presque immédiat : il s'agit d'une lésion brutale du ligament croisé antérieur du genou droit. Le genou, articulation de la jambe assure une liaison entre les os de la cuisse et de la jambe grâce à des ligaments, bandes de tissus conjonctif pouvant résister à de fortes tensions.

Auteur : Mr. Alexander Ottesen

Accident n° 3 : *Djibril Cissé* **: la double fracture tibia-péroné**

Nouvelle recrue de Liverpool en 2004, l'attaquant Djibril Cissé est victime d'une double fracture tibia-péroné (os) de la jambe gauche face à Blackburn le 30 octobre 2004. Une blessure qui le laisse 6 mois loin des terrains mais qui ne l'empêche pas de remporter la Ligue des Champions en 2005.

Auteur : Лаут Екатерина

Accident n° 4 : *Ronaldo* **: le genou en compote**

Pour de nombreux amateurs de football, Ronaldo est le meilleur attaquant que la Terre ait porté. Meilleur buteur de l'histoire de la coupe du Monde, le double Ballon d'Or (1997 et 2002) se rompt le tendon rotulien (qui relie le quadriceps au tibia) en novembre 1999, ce qui l'éloignera des terrains durant 5 mois.

Auteur : Joerudi

Corrigé

1. Lire et comprendre la consigne :

Deux sources d'informations sont à utiliser : le texte donné, et les connaissances personnelles.

- Le texte doit permettre d'identifier les organes impliqués dans la réalisation d'un mouvement.
- Les connaissances personnelles doivent permettre de préciser les relations anatomiques existant entre les organes impliqués.

2. Trouver des informations utiles dans le texte et les relier au sujet : *(à faire au brouillon)*

Zidane s'est déchiré un muscle et il ne peut plus se servir de sa cuisse.

→ Je déduis donc que le muscle est un organe intervenant dans le mouvement

Pires s'est déchiré un ligament et ne peut plus se servir de sa jambe.

→ Je déduis donc que les ligaments sont des éléments intervenant dans le mouvement

Cissé s'est brisé deux os et ne peut plus se servir de sa jambe pendant plusieurs mois.

→ J'en déduis donc que les os sont des organes intervenant dans le mouvement.

Ronaldo s'est déchiré un tendon et ne peut plus utiliser sa jambe pendant plusieurs mois.

→ J'en déduis donc que les tendons interviennent dans la réalisation d'un mouvement

3. Je rédige ma réponse :

Les organes impliqués dans la réalisation d'un mouvement sont les muscles, les tendons, les os et les ligaments d'une articulation. Si un seul de ces organes est abîmé suite à une blessure, le mouvement n'est plus possible, parfois pour plusieurs mois, le temps que l'organe se répare.

Ce que je dois mobiliser

- Je dois bien connaître **l'anatomie** d'un membre : muscles / os / articulation / tendons, et le **mécanisme** du mouvement : qui fait quoi et comment
- Je dois faire le lien entre la blessure et le fonctionnement du membre : si le membre ne fonctionne plus, c'est que ce qui a été abîmé intervient dans la réalisation du mouvement

Le conseil

La partie 2) est plutôt à faire au brouillon, mais on peut dans sa copie rédiger un seul exemple pour montrer comment on a raisonné à partir du document. Prendre le cas de Zidane par exemple avec sa déchirure musculaire. Pour les 3 autres cas, dire simplement « de même », ou « en suivant le même raisonnement, à partir des trois autres sportifs blessés, nous identifions les tendons, les os et les ligaments comme organes impliqués dans la réalisation d'un mouvement ».

Les muscles sont reliés aux os par les tendons. La contraction musculaire permet aux os de se rapprocher ou de s'éloigner l'un de l'autre, créant ainsi le mouvement d'un membre. Si le muscle est abîmé, il ne se contracte plus (Zidane). Si le tendon ne relie plus le muscle à l'os, le muscle peut se contracter, les os ne seront jamais mis en mouvement (Ronaldo). Bien entendu, si un os est cassé, il ne peut plus être mis en mouvement (Cissé).

Les os sont reliés entre eux par une articulation. Cette dernière comprend notamment des ligaments, qui rattachent les os entre eux et contrôlent leur possibilité de mouvement l'un par rapport à l'autre. Si un ligament est rompu, les os d'un membre ne sont plus rattachés l'un à l'autre et le mouvement n'est plus possible (Pires).

Même si cela n'est pas explicitement demandé dans la consigne, on peut terminer sa réponse par un schéma légendé d'un membre en flexion par exemple, où on verrait tous les organes impliqués dans le mouvement de flexion de ce membre.

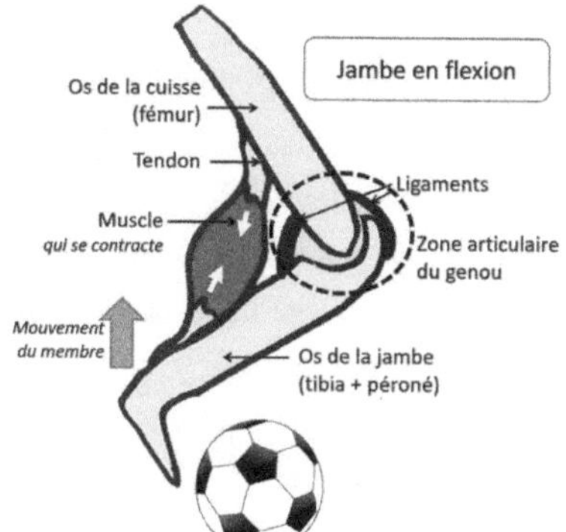

TABLE DES MATIÈRES

Chapitre 3

La cellule, unité structurale et fonctionnelle du vivant

Chapitre 4

L'ADN, support variable et universel de l'information génétique

Chapitre 5

La biodiversité, résultat et étape de l'évolution

THÈME 2

Enjeux planétaires contemporains : énergie, sol

Chapitre 6

Le soleil source d'énergie vitale

Chapitre 7

Le soleil : une source, des énergies

Chapitre 8

Le sol : un patrimoine durable ?

THÈME 3

Corps humain et santé : l'exercice physique

Chapitre 9

Modifications physiologiques de l'organisme lors d'un effort physique

Chapitre 10

Régulation de la pression artérielle et de la fréquence cardiaque

Chapitre 11

Pratiquer une activité physique en préservant sa santé

Je prends des notes

Je prends des notes

Je prends des notes

Je prends des notes

Je prends des notes

Je prends des notes

Je prends des notes

Je prends des notes

Je prends des notes

numérique
Impression & brochage - France
Numéro d'impression : N19367180409 - Achevé d'imprimer : Juin 2018
IMPRIM'VERT®